Lettres de Belgique

Lettres de Belgique

Postface de Nicole Savy,
chef du service culturel du musée d'Orsay

l'école des lettres

Textes réunis par Marie-Hélène Sabard

Composition : Sereg, Paris
Dépôt légal : février 1997
Imprimé en France par Normandie-Roto S.A. à Lonrai

Jules Michelet
(1798-1874)

De 1832 à 1849, Michelet se rend au moins cinq fois en Belgique pour des voyages d'études ou d'agrément, en compagnie de ses enfants. Il y emmène même Athénaïs, sa dernière épouse, y parfaire sa culture. C'est elle qui, en 1886, douze ans après la mort de Michelet, fait paraître Notre France, *ouvrage pédagogique forgé à partir des observations et des écrits intimes de l'historien.*

La Flandre

Rien de plus positif et réel que le génie de notre bonne et forte Flandre ; rien de plus solidement fondé, *solidis fundatum ossibus intus*[1]. Sur ces grasses et plantureuses campagnes, uniformément

1. Littéralement : *Fondée intérieurement sur une ossature solide.*

riches d'engrais, de canaux, d'exubérante et grossière végétation, herbes, hommes et animaux, poussent à l'envi, grossissent à plaisir. Le bœuf et le cheval y gonflent, à jouer l'éléphant. La femme vaut un homme et souvent mieux. Race pourtant un peu molle dans sa grosseur, plus forte que robuste, mais d'une force musculaire immense. Nos hercules de foire sont venus souvent du département du Nord.

La force prolifique des Bolgs d'Irlande se trouve chez nos Belges de Flandre et des Pays-Bas. Dans l'épais limon de ces riches plaines, dans ces vastes et sombres communes industrielles, d'Ypres, de Gand, de Bruges, les hommes grouillaient comme les insectes après l'orage. Il ne fallait pas mettre le pied sur ces fourmilières. Ils en sortaient à l'instant, piques baissées, par quinze, vingt, trente mille hommes, tous forts, bien nourris, rouges, robustes et hardis, de rudes hommes, qui avaient foi dans la grosseur de leurs bras et la pesanteur de leurs mains, des forgerons qui, dans une révolte, continuaient de battre l'enclume sur la cuirasse des chevaliers, des foulons, des boulangers, qui pétrissaient l'émeute comme le pain, des bouchers qui pratiquaient sans scrupule leur métier sur des hommes.

Froidement héroïques devant la mort, on les vit, à Roosebeke, se lier les uns aux autres pour être sûrs de charger avec ensemble et de ne pas être séparés.

Contre de telles masses la cavalerie féodale n'avait pas beau jeu.

Peu guerriers d'ailleurs de leur nature, sauf quelques moments de colère brutale, avaient-ils si grand tort d'être fiers, ces braves Flamands? Tout gros et grossiers qu'ils étaient*, ils faisaient merveilleusement leurs affaires. Personne n'entendait comme eux le commerce, l'industrie, l'agriculture. Nulle part le bon sens, le sens du positif, du réel, ne fut plus remarquable. Nul peuple peut-être, au Moyen Âge, ne comprit mieux la vie courante du monde, ne sut mieux agir et conter. La Champagne et la Flandre sont alors les seuls pays qui puissent lutter pour l'histoire avec l'Italie. La Flandre a son Villani dans Froissart, et dans Commines son Machiavel. Ajoutez-y ses empereurs-historiens de Constan-

* Cette grossièreté de la Belgique est sensible dans une foule de choses. On peut voir à Bruxelles la petite statue du *Manneken-Pis*, le plus vieux bourgeois de la ville; on lui donne un habit neuf aux grandes fêtes. (Les notes précédées d'un astérisque sont de l'auteur.)

ınople. Ses auteurs de fabliaux sont encore des historiens, au moins en ce qui concerne les mœurs publiques.

Mœurs peu édifiantes, sensuelles et grossières. Et plus on avance au nord dans cette grasse Flandre, sous cette douce et humide atmosphère, plus la contrée s'amollit, plus la sensualité domine, plus la nature devient puissante. L'histoire, le récit, ne suffisent plus à satisfaire le besoin de la réalité, l'exigence des sens. Les arts du dessin viennent au secours. La sculpture commence en France même avec le fameux disciple de Michel-Ange, Jean de Bologne*. L'architecture aussi prend l'essor ; non plus la sobre et sévère architecture normande, aiguisée en ogives et se dressant au ciel, comme un vers de Corneille ; mais une architecture riche et pleine en ses formes. L'ogive s'assouplit en courbes molles, en arrondissements voluptueux. La courbe tantôt s'affaisse et s'avachit, tantôt se boursoufle et tend au ventre. Ronde et onduleuse dans tous ses ornements, la charmante tour d'Anvers s'élève doucement étagée, comme une gigantesque corbeille tressée des joncs de l'Escaut.

* Né à Douai.

Ces églises, soignées, lavées, parées, comme une maison flamande, éblouissent de propreté et de richesse, dans la splendeur de leurs ornements de cuivre, dans leur abondance de marbres blancs et noirs. Elles sont plus propres que les églises italiennes, et non pas moins coquettes. La Flandre est une Lombardie prosaïque, à qui manquent la vigne et le soleil.

EXTRAITS DU JOURNAL DE JULES MICHELET

Mardi 4 septembre 1832.

Parti de Gand par Termonde et Malines à Anvers. À Malines, très jolie tour carrée à angles et facettes, avec quatre grands cadrans d'or mobiles et détachés de la tour à jour. À Anvers, estaminet sous les bombes… Églises bien plus riches et païennes que celles d'Italie : marbres, beaucoup d'hommes, musique, merveilleuses sculptures en bois. *La Descente de Croix* de Rubens est voilée, de peur du bombardement. La famille de Rubens, peinte pour une *Sainte Famille* : ses trois femmes avec de gros tétons ; lui, derrière, en saint Georges, plein de feu et de matérialité… Tout le tableau a été peint en dix-sept jours. Il y a, en effet, une impétuosité extraordinaire. L'autel est le tombeau même de Rubens. À la cathédrale, une *Flagellation* par Rubens, pleine de feu et de brutalité. Un des flagellants appuie le pied sur le mollet du Christ, un autre abrite ses yeux de sa main et regarde par-dessous le spectateur effrontément. Toute cette peinture sensuelle est impie. […]

La Belgique est une Lombardie, dont Anvers est la Venise, Bruxelles Milan, Liège Gênes.

Jeudi 6 septembre 1832.

Le pays de Liège, dit un banquier avec lequel je suis venu d'Anvers à Bruxelles, a de très grandes propriétés, le Brabant de grandes, la Flandre de petites. Liège, me disait M. Gedrossart, est le berceau des Carlovingiens. Tout près se trouvent Herstal, Landen et Tongres.

À Bruxelles, porté au palais la lettre pour la reine. Visité M. Baron sur le boulevard de Waterloo (Tyrtée, Thucydide, histoire de Gand, siège de Mons dans la *Revue de Paris*). Il voulait me faire dîner avec le jeune archiviste, très instruit des choses du pays. M. de Gerlache, président des Chambres, a fait paraître un premier volume d'une *Histoire de Liège*.

Au musée, des tableaux très antiques, naïfs, vrais et religieux. Un beau Gérard Dow. Plusieurs Rubens, toujours d'une verve effrénée, d'un génie, d'une fougue et d'une brutalité terribles. Dans le *Portement de Croix*, la Madeleine, belle Flamande en noir, essuie le sang du Sauveur avec le sang-froid d'une mère qui débarbouille son enfant ; en bas les deux larrons, l'un roux, l'autre gris, merveilleux de vigueur ; derrière, une mère, une larme sur la joue, que son enfant prend aux cheveux en se rejetant en arrière ; en haut, un centurion à cheval en manteau, l'air triste, semble montrer la scène : c'est le démonstrateur obligé dans les tableaux de Rubens. Tout le tableau a un mouvement admirable et semble marcher. *Martyre de saint Liévin*, dont un des bourreaux donne la chair aux chiens avec une pince ; un autre tient le stylet dans les dents ; tout le tableau est animé d'une verve féroce.

Sainte-Gudule s'étale sur une colline, au haut de cent marches comme au Capitole : riches vitraux modernes, deux belles tours, architecture des XVe et XVIe siècles. La place Sainte-Catherine ou des Martyrs (du 5 septembre 1830) est toute couverte d'orangers et de drapeaux tricolores brabançons. L'hôtel de ville du XVIe siècle, aux ogives déjà arrondies, est vaste, splendide, inférieur à la partie antique de celui de Gand. Mais ici, il y a de plus une tour de trois cent soixante-quatre pieds. Derrière, des bras sortent de la bouche d'une centaine de mascarons, comme pour porter des flambeaux. Le *Manneken-Pis*: grossièreté. Aux croisées, miroirs espions où l'on voit de l'appartement ceux qui passent dans la rue.

Laeken. Jolie résidence allemande. La jeune reine transpire par tous les pores l'amour de la royauté.

Vendredi 7 septembre 1832.

Waterloo. Belle route par la forêt de Soignes aux hautes futaies. La langue française commence après Bruxelles. La route de Liège à Bruxelles fait la séparation des langues, selon notre conducteur. Waterloo, nom flamand, à côté de Mont-Saint-Jean, nom français. Cependant le guide de Waterloo dit que le français qu'on y parle est du vrai français, et qu'on n'y comprend pas les Liégeois. Grandes propriétés en Brabant, cultivées par des chevaux et des ouvriers, qu'on paie en nature, et qui par là ne s'aperçoivent pas du haut prix des denrées en argent. Ils mangent du pain plus beau que les petits propriétaires de Flandre, quoique ceux-ci soient plus heureux. Mais la Flandre produit peu de blé; sa richesse est en bestiaux.

Déjeuner au Mont-Saint-Jean, à neuf heures et demie, avec une famille bruxelloise très aimable qui, dans une voiture de louage, faisait un voyage de plaisir à Namur, Liège, Aix, Spa. C'est précisément au point de section des deux langues que s'est combattue la grande bataille des races celtique et germanique. Un tumulus barbare y a été élevé. Le lion belge et le lion britannique contre l'aigle. Mais c'est le lion britannique qui a mordu ; l'autre lion est venu, au bout de huit ans, parader et triompher sur ce champ de désastres, dont il est bien innocent. Toutefois le prince d'Orange a été blessé, au lieu où l'on a élevé le lion belge... Monté au tumulus. Altercation avec Pauline[1], qui veut inscrire notre nom. Colonne tronquée de Gordon, frère du comte d'Aberdeen, aide de camp de Wellington. Pyramide tronquée des Anglais et Hanovriens. Dans le lointain, pyramide de fer des Prussiens. Nous étions du côté anglais, vers la ferme du Mont-Saint-Jean, et nous avions en vue la ferme de la Belle Alliance, où se tint l'Empereur –, et non à une lieue, dans le télé-

1. Pauline Rousseau, la première épouse de Michelet.

graphe, comme le dit le plan que nous vîmes dans l'auberge, fait évidemment pour flatter les Anglais, en opposant Bonaparte dans l'observatoire et Wellington au fort de la bataille. Au reste Bonaparte est un homme du Midi : nulle soif du danger (c'est un caractère barbare des hommes du Nord). Mais il a prouvé à Arcole et ailleurs s'il était un lâche. Rien de plus facile à expliquer que la défaite, sans parler des malentendus. Les jeunes recrues de Bonaparte furent battues par les vieux soldats anglais. Cette armée mercenaire, bien nourrie, bien ménagée jusque-là, bien habituée à voir les Français, fut pour les Alliés comme un poignard, une miséricorde, qu'ils gardaient pour le dernier moment…

Vu dans l'église de Waterloo les tables où sont les noms des officiers anglais. La plus remarquable est celle des Écossais, dont le corps a eu parmi les blessés, outre les soldats, trois cent soixante-quinze officiers, un *commissioned*. Tombeau de la jambe de M. d'Anglesea, visité par les rois d'Angleterre et de Prusse : personnalité aristocratique. Nul monument pour les fantassins anglais.

Mardi 27 juin 1837.

Lenteur excessive. Vous êtes dans un pays où la loi ne fait rien contre la force. Belle et dangereuse descente de Couvin à travers les bois. Le chemin ondule ainsi continuellement, parmi les bois, jusqu'à Charleroi et de là à Waterloo. Presque immédiatement après la frontière, commencent les chapelles sur la grande route. Au lieu de mettre les croisées en demi-cintre, sous le rez-de-chaussée, pour mieux supporter la maison, ils les mettent au grenier, ce qui semble absurde.

De neuf à dix heures, attendu la voiture à Charleroi, dans un estaminet. Gros et gras jeunes gens, qui semblent avoir déjà des habitudes de vieillards. Passé avant l'aube dans le chemin creux de la Belle Alliance: ombre funèbre des tumulus, fantôme du lion.

Rocroi, petit trou, plein de femmes et de soldats.

Théophile Gautier
(1811-1872)

Gautier se rend pour la première fois en Belgique en 1836, il a vingt-cinq ans et très envie de rencontrer quelque Rubens « au naturel ». Nerval, l'« ami Fritz *», l'accompagne et leur voyage inspire à Gautier son* Tour en Belgique et en Hollande *qui paraît en feuilleton dans* la Chronique de Paris *dès l'automne 1836.*

À présent, si le lecteur curieux veut savoir la raison pour laquelle j'ai été en Belgique plutôt qu'ailleurs, je la lui dirai volontiers, car je n'ai rien de caché pour un être aussi respectable qu'un lecteur. C'est une idée qui m'est venue au musée, en me promenant dans la galerie de Rubens. La vue de ces belles femmes aux formes rebondies, ces beaux corps si pleins de santé, toutes ces montagnes de chair rose d'où tombent des torrents de chevelures dorées, m'avaient inspiré le désir de les confronter avec les types réels. De plus, l'héroïne de mon prochain roman devant être très blonde, je faisais, comme on dit, d'une pierre deux coups. Voilà donc les motifs qui ont poussé un honnête et naïf Parisien à faire une courte infidélité à son cher ruisseau de la rue Saint-Honoré. Je n'allais pas, comme le Père Enfantin, en Orient chercher la femme libre : j'allais au nord chercher la femme blonde ; je n'ai pas beaucoup mieux réussi que le vénérable Père Enfantin, ex-dieu, et maintenant ingénieur. [...]

Bruxelles est une ville d'un aspect plutôt anglais que français dans ses parties modernes, plutôt espagnol que flamand dans ses parties anciennes. Il y a peu d'églises considérables, excepté Sainte-Gudule, rue de la Montagne. Les vitraux, les confessionnaux et la chaire de Sainte-Gudule sont d'une grande beauté. Quand je la visitai, on était en train de la regratter, de la restaurer et de la badigeonner, car la rage du badigeon est encore bien plus véhémente en Belgique qu'en France. Dans cette église, je remarquai pour la première fois cette idolâtrie de catholicisme générale en Belgique, et d'un effet tout nouveau pour moi, qui n'ai vu que les églises voltairiennes de France : c'était une profusion de clinquant, de couronnes, d'ex-voto, de cierges, de pots de fleurs, de bannières brodées, de caisses d'orangers, et mille autres inventions dévotes.

Une chose très remarquable à Bruxelles, c'est que toutes les boutiques portent cette inscription : un tel, bottier de la Cour ; un tel, grainetier de la Cour ; un tel, marchand d'allumettes de la Cour, et sans cesse, et à propos de métiers qui ne semblent pas le moins du monde avoir affaire à la Cour. Les boutiques d'apothicaires portent pour enseigne de grands bois de cerfs naturels, cela soit dit sans faire allusion à l'état conjugal d'aucun de ces messieurs. Quant aux estaminets, il y en a deux fois plus que de maisons.

À force de ramper le long de la Magdalena-Straas, nous parvînmes à une grande belle place carrée, qui se nomme la place Royale, et sur laquelle on voit une église avec un fronton où il y a, au milieu d'une gloire, un œil sculpté qui a l'air d'un modèle d'œil gigantesque proposé à tous les bambins de la ville. Le palais du roi est tout près de là. C'est un assez grand édifice, d'une architecture médiocre, peint en blanc, à l'huile, et qui doit être un logis confortable et commode. L'art n'a rien à y voir. Le parc, qui est assez petit, n'offre rien de particulier; on y trouve un petit bassin et quelques groupes, thermes, gaines et statues, peints également à l'huile et vernis; les arbres de ce jardin m'ont semblé d'un vert admirable, même pour ce pays de belle verdure, et il règne un grand air de fraîcheur.

Notre tour fait dans le parc, nous allâmes chez les éditeurs de contrefaçon; j'achetai les poésies complètes d'Alfred de Musset, en un volume, et *Madame de Sommerville*, de Jules Sandeau; je voulus aussi acheter *Mademoiselle de Maupin*, roman de votre serviteur; mais j'avoue que cela me fut impossible, par la raison que je ne le trouvai nulle part. Ceci me mortifia d'autant plus que le Bibliophile, l'Alphonse Brot, l'Hippolyte Lucas, et autres gens illustres de ma connaissance, étaient mirifiquement contrefaits, et que je confesse, avec toute l'humilité qui me caractérise, que jusqu'ici je m'étais cru l'égal de ces messieurs. Mon voyage m'a détrompé et fait revenir d'une si folle présomption. Le Bibliophile surtout jouit d'une si grande réputation dans ce pays-là, que *les Mau-*

vais Garçons d'Alphonse Royer et de Barbier, la *Notre-Dame* de Victor Hugo, les deux meilleurs romans que le Moyen Âge ait inspirés, sont imprimés sous son nom.

Les volumes de prose du *Spectacle dans un fauteuil*, d'Alfred de Musset, ne sont pas connus en Belgique et le contrefacteur à qui je les demandai parut tout surpris et écrivit sur-le-champ à son correspondant de les lui envoyer. Cela ne fait pas grand honneur à la publicité de la *Revue des Deux Mondes* et aux goûts littéraires des libraires belges.

Gérard de Nerval
(1808-1855)

Nerval s'est fréquemment rendu en Belgique entre 1836 et 1852. Avec Théophile Gautier d'abord (1836), puis avec Alexandre Dumas, sur la route de l'Allemagne (1838), ou Arsène Houssaye (1844), mais aussi et souvent seul (1840, 1846, 1850, 1852). À l'automne 1840, il visite Anvers, Gand, Bruxelles et Liège.

LORELY
1852

RHIN ET FLANDRE
LIÈGE

Allons vite au plus pressé, c'est-à-dire au plus beau.

La cour du palais de justice de Liège est un vaste carré long, entouré de magnifiques galeries aux colonnes de granit sculptées; les voûtes et les murs sont en brique rouge, sur laquelle se détache la colonnade noire et polie, ce qui rappelle certains palais de Venise. Des boutiques et des étalages garnissent partout les galeries à l'intérieur, comme dans tous les palais de justice du monde. L'extérieur, du côté de la place, ne répond pas à ces magnificences ; c'est l'aspect d'un hôpital ou d'une caserne, et pourtant c'est le plus bel édifice de Liège. Il en est de même à peu près des églises, le dehors en est peu remarquable, et trois ou quatre d'entre elles offrent des intérieurs merveilleux. Je ne me hasarderai pas à les décrire après tant d'autres voyageurs, après Dumas surtout, qui traversa Liège il y a quelques années.

Les habitants de cette bonne cité ne peuvent pardonner à Dumas d'avoir prétendu qu'on ne peut y trouver à dîner qu'à une certaine heure du milieu de la journée, où ces peuples ont l'habitude de prendre leur nourriture ; secondement, que le pain y est inconnu, et qu'on n'y mange que du gâteau et du pain d'épice ; ensuite, que les Wallons, habitants de la province de Liège, ne peuvent souffrir leurs compatriotes les Brabançons ; enfin, que les draps de lit sont étroits comme des serviettes, les couvertures à l'avenant, et qu'un Français ne peut demeurer couvert dix minutes dans un lit liégeois. Il y a pourtant beaucoup de vrai dans ces quatre remarques d'Alexandre Dumas.

Seulement il aurait pu généraliser son observation pour une grande partie de la Belgique et ménager davantage ces braves Wallons, qui sont pour ainsi dire nos compatriotes, tandis que les Flamands se rapprochent beaucoup plus de la race des peuples du Nord. C'est une chose, en effet, qui frappe vivement le voyageur, qu'à sept ou huit lieues de la frontière prussienne on rencontre toute une province où le français se parle beaucoup mieux que dans la plupart des nôtres ; le patois wallon n'est lui-même qu'un français corrompu qui ressemble au picard, tandis que le flamand est une langue de souche germanique.

La journée était superbe, et j'ai pu monter à la citadelle pour juger la ville d'un seul coup d'œil. Une longue rue de faubourg, qui commence derrière le palais de justice, conduit jusqu'aux remparts d'où l'on découvre toute la vallée de la Meuse. Liège s'étale magnifiquement sur les deux rives avec ses quartiers neufs à droite, et ses vieilles maisons aux toits dentelés à gauche de la citadelle et sur l'autre rive du fleuve; plusieurs églises, et notamment Saint-Thomas, appartiennent à cette architecture carlovingienne qu'on admire à Aix-la-Chapelle, à Cologne et dans toutes les villes du Rhin. La Meuse est large à peu près comme la Seine et se perd à l'horizon en détours lumineux; la forêt des Ardennes garnit le flanc des collines les plus éloignées, et la vue s'anime encore dans la campagne des vieilles ruines de tours et de châteaux, si fréquentes dans ce pays.

Quant à la citadelle, d'où l'on jouit de ce beau spectacle, elle appartient à ce genre de forteresses tellement imprenables, qu'elles sont invisibles. Aucun touriste n'a jamais su trouver la citadelle d'Anvers, à moins de s'y faire conduire, mais il faudrait du malheur pour ne pas rencontrer celle de Liège, située au sommet d'une montagne. Eh bien! du rempart où j'étais tout à l'heure, et qui présente l'aspect d'un simple coteau, il faut descendre encore par une foule de sentiers obliques pour arriver par une porte masquée dans l'intérieur de la place, enfoncée dans la montagne comme la gorge du Vésuve. [...]

Il est une heure, et je me hâte de descendre vers la ville, suffisamment averti que plus tard il serait impossible d'y dîner convenablement. Les tables d'hôte sont d'ailleurs excellentes; le vin ordinaire coûte trois francs la bouteille comme dans toute la Belgique; quant à la bière, à Liège, elle cesse d'être forte; c'est une bière brune qui ressemble à nos bières de Lyon. Le faro, le lambic, la bière même de Louvain sont considérés là comme des boissons étrangères. Quant au pain, on l'a dit fort justement, il n'y en a pas, et là se trouve réalisé le vœu de cette princesse qui disait: «Si le peuple n'a pas de pain, il faut lui donner du gâteau.»

Je me remets à dévider l'écheveau fort embrouillé des vieilles rues de la ville. C'est l'occupation la plus amusante que puisse souhaiter un voyageur, et je plains sincèrement ceux qui se font conduire aux endroits curieux. Dans toute ville, les trois centres importants sont l'hôtel de ville, la cathédrale et le théâtre. Chacun de ces quartiers a, d'ordinaire, une physionomie spéciale; mais, dans les villes anciennes, il faut chercher d'abord le quartier où se tiennent les halles; là est le noyau, l'alluvion de trois siècles, la population caractéristique. Ce quartier, à Liège, doit à ses rues étroites et tortueuses plutôt qu'à la forme de ses maisons une couleur antique encore prononcée. Un carrefour triangulaire, où aboutissent sept ou huit rues, encombré de marchands, de foule et de voitures, rappelle tout à fait le premier décor de *la Juive* avec sa porte d'église à droite, à gauche une rue en escalier qui descend vers la Meuse, et au fond, une voie plus large qui conduit au pont des Arches, un vrai pont du Moyen Âge fortement cambré, et dont les piles énormes ont dû jadis porter des maisons. Il remonte, du reste, à 1100, quoique souvent réparé depuis. Du milieu de ce pont, la vue est magnifique de tous les côtés : les hauteurs de la citadelle et les coteaux qui fuient vers le midi, parés des dernières verdures de la saison, la Meuse qui se perd dans les noires Ardennes, les tours et les clochers de briques que le soleil rougit encore ; le faubourg d'outre-Meuse coupé par une autre rivière, l'Ourthe, qui y trace de joyeux îlots : puis, sur le quai de la rive gauche, un vaste emplacement où se tient la foire, où se presse la foule bariolée autour des étalages, des cirques et des bateleurs.

Ayant vu la ville des deux côtés du pont et de la citadelle, il ne m'était plus difficile de m'y reconnaître. En redescendant la rue qui conduit au pont des Arches, on se trouve sur une place longue, plantée d'arbres, moitié boulevard, moitié marché, ornée au milieu de trois fontaines dans le goût de la Renaissance, construites en forme de pavillon, comme celle des Innocents. En face, à gauche, est l'hôtel de ville, qui n'a rien de remarquable, le seul du reste en Belgique qui ne soit pas un chef-d'œuvre d'architecture gothique. Cela suffit pour indiquer que Liège n'a jamais été une cité républicaine comme ses sœurs du pays de Brabant.

À cette longue place en succède immédiatement une autre plus carrée, où se trouve le palais de justice, dont nous avons déjà parlé. Ensuite vient la troisième place, encore contiguë aux deux autres, plantée en quinconce et qu'on appelle la place Verte. Après quoi on arrive au théâtre, grand et lourd, bâti sur le modèle de l'Odéon, et dont Mlle Mars a posé la première pierre en 1818. Cela ne nous rajeunit pas.

De ce côté s'étend toute la ville neuve, aux larges rues bordées de trottoirs en bitume, aux boutiques parisiennes, offrant derrière leurs vitrages de cuivre et de glaces les étalages les plus splendides ; bien plus, un passage, le passage Lemonnier, qui ne fait plus l'envie et le désespoir de Bruxelles depuis qu'on a ouvert dans cette ville les galeries de Saint-Hubert. Les rues voisines du passage sont brillantes, il faut pénétrer assez loin encore, de ce côté, pour retrouver un fragment de l'antique Liège autour de la cathédrale consacrée à saint Paul. En descendant de nouveau vers la Meuse, on traverse un quartier presque entièrement en construction. J'aperçus au fond d'une place un de ces édifices modernes à colonnes, qui servent indifféremment, comme l'a remarqué Victor Hugo, de bourse, d'église, de palais, de temple, d'hôpital, etc. Une porte était ouverte, j'y pénétrai avec toute l'indiscrétion d'un flâneur. Une soixantaine de Liégeois s'y préparaient à l'élection d'un conseiller municipal. Quelqu'un m'ayant demandé si j'étais pour M. Lamaille, et si je votais avec le parti catholique, je compris ma position d'intrus, et je laissai les catholiques, les libéraux et les orangistes, ballotter paisiblement leurs candidats.

On peut revenir vers le centre par un long boulevard qui fait un arc depuis la Meuse, et au-delà de la cathédrale, jusqu'à la place du Spectacle ; à gauche le faubourg s'échelonne vers les hauteurs et présente deux ou trois églises perchées au plus haut de la côte ; à droite se développent les bâtiments et les jardins de la Sauvenière, riante abbaye aux tours de brique rouge et aux clochers d'étain effilés ; une petite rivière, bordée de peupliers et de longs berceaux de feuillage, entoure ce quartier paisible dont la physionomie appartient encore à la ville gothique.

Il me reste à dire que toute la ville de Liège est éclairée au gaz, et que la cathédrale n'a pu elle-même échapper à ce progrès des lumières que nos curés parisiens ont repoussé jusqu'ici.

Liège s'honore d'avoir produit Grétry, auquel elle vient d'élever une statue.

On reprend les chemins de fer et l'on laisse Louvain à droite. Cette ville, célèbre par sa bière, n'a guère que trois édifices que l'on puisse signaler : l'hôtel de ville, la cathédrale et la maison des brasseurs. On les voit en passant avec leur frêle architecture – qui dure depuis plusieurs siècles, et dont les proportions élégantes amusent et séduisent. Une heure plus tard nous arrivons à Malines, puis une heure ensuite à Bruxelles.

Bruxelles

Que dire de Bruxelles que l'on n'ait pas dit : c'est une ville qui ne vaut pas Gand comme étendue ni comme situation. Et d'abord, ainsi que je disais l'été dernier à propos de Munich, il n'y a pas de grande ville sans fleuve. Qu'est-ce qu'une capitale où l'on n'a pas la faculté de se noyer ?... Gand a l'Escaut, Liège a la Meuse, Bruxelles n'a qu'un pauvre ruisseau qu'il intitule la *Senne*, triste contrefaçon. Imaginez ensuite au centre du pays le plus plat de la terre une ville qui n'est que montagnes : montagne de la Cour, montagne du Parc, montagne des Larmes, montagne aux Herbes potagères, etc. ; on y éreinte les chevaux ou les chiens pour une course de dix minutes ; tout flâneur y devient poussif ; des rues embrouillées au point de passer parfois les unes sous les autres ; des quartiers plongés dans les abîmes, tandis que d'autres se couronnent de toits neigeux comme les Alpes ; le tout offrant du reste un beau spectacle, tant d'en haut que d'en bas. On rencontre dans la rue Royale, qui longe le Parc, une vaste trouée, d'où l'on peut voir, à vol d'oiseau, le reste de

Bruxelles mieux qu'on ne voit Paris du haut de Notre-Dame. Les couchers de soleil y sont d'un effet prodigieux. Sainte-Gudule s'avance à gauche sur sa montagne escarpée comme une femme agenouillée au bord de la mer et qui lève les bras vers Dieu ; plus loin, du sein des flots tourmentés que figurent les toits, le bâtiment de l'hôtel de ville élève son mât gigantesque ; ensuite vient un amas confus de toits en escaliers, de clochers, de tours, de dômes ; à l'horizon brillent les bassins du canal, chargés d'une forêt de mâts ; à gauche s'étendent les allées du boulevard de Waterloo, les bâtiments du chemin de fer, le Jardin botanique avec sa serre qui semble un palais de féerie, et dont les vitres se teignent des ardentes lueurs du soir. Voilà Bruxelles dans son beau, dans sa parure féodale, portant, comme des bijoux d'ancêtres, ses toits sculptés, ses clochetons et ses tourelles. Il faut redescendre et plonger dans les rues pour s'apercevoir qu'elle a revêtu les oripeaux modernes et n'a gardé du temps passé que sa coiffure étrange et splendide. [...]

On sait combien la religion est toujours puissante en Belgique ; aussi les églises présentent partout un air de vie qui satisfait. Les sonneries retentissent souvent, mais les carillons ont disparu de Bruxelles, et, dans les autres villes même, n'exécutent plus guère que des airs d'opéras. Je ne parlerai pas de Sainte-Gudule, de sa chaire bizarrement sculptée, de ses magnifiques vitraux de la Renaissance qui vous font rêver en plein Brabant l'horizon bleu de l'Italie, traversé de figures divines. Le musée s'est bien appauvri par la restitution des tableaux du prince d'Orange. Il offre encore quelques Rubens, quelques Van Dyck et un Jordaens célèbre. Tout cela a été décrit bien des fois. La bibliothèque, située dans le bâtiment du musée qui communique à la place Royale, est connue surtout par une magnifique collection de manuscrits. Dans une autre aile se trouvent le musée de l'industrie et une collection d'armures antiques assez pauvre pour un tel pays. Ajoutez à cela des instituts, des conservatoires, des écoles de beaux-arts, aussi nombreux qu'à Paris et aussi utiles, et répondant surtout à la prétention qu'ont les Belges de ne nous être inférieurs en rien!

Les Fêtes de Hollande

Retour à Bruxelles

Hoffmann parle d'un promeneur solitaire qui avait coutume de rentrer dans la ville à l'heure du soir où la masse des habitants en sortait pour se répandre dans la campagne, dans les brasseries et dans les bals *parés* ou *négligés* que l'étiquette allemande distingue si nettement. Il était forcé alors de s'ouvrir avec ses coudes et ses genoux un chemin difficile à travers les femmes en toilette, les bourgeois endimanchés, et ne se reposait de cette fatigue qu'en retrouvant une nouvelle solitude dans les rues désertes de la ville.

Je songeais à ce promeneur bizarre le 9 mai dernier, me trouvant seul dans le wagon de Mons à Bruxelles, tandis que les trains de plaisir, encombrés de voyageurs belges, se dirigeaient à toute vapeur sur Paris. Il me fallut fendre encore une foule très pressée pour sortir de l'embarcadère du Midi et gagner la place de l'Hôtel-de-Ville – afin d'y boire dans la *Maison des Brasseurs* une première chope authentique de faro, accompagnée d'un de ces *pistolets* pacifiques qui s'ouvrent en deux tartines garnies de beurre. C'est toujours la plus belle place du monde que cette place où ont roulé les deux têtes des comtes de Horn et d'Egmont, d'autant plus belle aujourd'hui qu'elle a conservé ses pignons ouvragés découpés, festonnés d'astragales, ses bas-reliefs, ses bossages vermiculés – tandis que la plupart des maisons de la ville, grattées et nettoyées de cette lèpre d'architecture qui n'est plus de mode, ont été encore décapitées presque toutes de leurs pignons dentelés, et soumises au régime des toits anguleux d'ardoise et de brique. La physionomie des rues y perd beaucoup certainement. On restaure et l'on repeint l'hôtel de ville, qui va paraître tout battant neuf, ce qui obligera la ville à faire réparer et blanchir aussi cette sombre *Maison du Roi*, dite autrement *Maison au Pain*, qui semble un palais de Venise en s'éclairant toutes les nuits derrière ses rideaux rouges.

J'ai rencontré sur cette place un grand poète qui l'aime, et qui en déplore comme moi les restaurations. Nous avons discuté quelque temps sur la question grave de savoir si la partie haute de l'édifice était en brique ou en pierre, et si les ogives qui surmontent les longues fenêtres avaient été autrefois aussi simples qu'aujourd'hui, car les anciennes estampes les représentent contournées et lancéolées dans le goût du gothique efflorescent. On peut penser que les dessinateurs du XVIe siècle ont voulu parer le monument plus que de raison, et que les arcs d'ogive ont toujours eu cette simplicité de bon goût. J'ai été assez heureux pour pouvoir raconter au savant poète une légende que j'avais recueillie dans un précédent séjour à Bruxelles. L'architecte qui construisit cet hôtel de ville eut le désagrément d'abord de ne pouvoir accomplir son œuvre. L'aile gauche, établie sur un terrain peu solide, s'écroula tout entière. On pensa qu'il s'agissait d'un terrain marneux, et on planta des pilotis : la construction s'effondra une seconde fois, laissant paraître un vaste abîme. On crut qu'il y avait là d'anciennes carrières, et l'on y versa des tombereaux de gravois ; mais plus on en versait plus le trou devenait profond. Enfin le malheureux architecte fut contraint de se donner au diable. Dès lors les constructions s'élevèrent avec facilité. Il mourut le jour même où l'on posait le bouquet sur le toit achevé, et l'on n'apprit qu'alors le fatal secret. L'archevêque de Malines fut appelé pour bénir l'édifice. Un craquement soudain se déclara dans les murs, et tout rentra bientôt dans le troisième dessous. On aspergea le gouffre d'eau bénite ; des ouvriers munis de scapulaires osèrent y descendre, et dans le fond on trouva une tête colossale en bronze ornée de cornes, portant des traces de dorures. C'était, selon les uns, une tête antique de Jupiter-Amon, selon d'autres le buste officiel de Satan. Cette même tête a été appliquée depuis sur les épaules du maudit que transperce la lance de saint Michel sur la flèche du monument. On redore maintenant ce groupe magnifique, qui s'aperçoit dans un rayon de six lieues. J'ignore si les ouvriers qui restaurent la tête du diable se sont munis de scapulaires.

Du reste, Bruxelles est catholique toujours comme au temps des Espagnols. Nous savons à peine, à Paris, que le mois de mai est le mois de Marie ; je l'ai appris en sortant de la place par l'angle opposé à la *Maison des Mariniers*, dont on restaure aussi le toit curieux, qui représente une poupe ancienne de galère. La rue de la Madeleine était remplie par une longue procession, au milieu de laquelle on portait une grande Vierge en bois coloriée, vernie et dorée, dont les pieds disparaissaient ainsi que l'estrade sous une montagne de bouquets. Au-dessus des boutiques fermées, les fenêtres et les plinthes étaient garnies de branches de tilleul, et cela jusqu'à la porte de Louvain. La garde civique, les sociétés de chant et les corporations ouvrières, avec bannières et écussons, se déroulaient sur tout cet espace. C'était un dimanche, et la kermesse d'Ixelles était annoncée aux coins des rues par d'immenses affiches.

Ixelles est un bourg situé à dix minutes de la porte de Louvain. La procession ne tarda pas à en envahir les rues également parées de branches vertes et de poteaux soutenant de longues bandes aux couleurs nationales. Ce fut dans l'église, neuve et magnifiquement décorée, que la procession vint s'absorber tout entière pour entendre un office à grand orchestre. Les sociétés et les corporations se dirigèrent ensuite vers leurs locaux respectifs. Les kermesses de Belgique inspireraient difficilement aujourd'hui un nouveau Rubens ou même un nouveau Téniers. L'habit noir et la blouse bleue y dominent – ainsi que, pour les femmes, les modes arriérées de Paris. On y boit toujours de la bière, accompagnée de pistolets beurrés et de morceaux de raie ou de morue salée découpés régulièrement et qui poussent à boire. La musique et les pas alourdis des danseurs retentissent dans de vastes salles avec moins d'entrain qu'à nos cabarets de barrière, mais pour ainsi dire, avec plus de ferveur. Le beau monde se dirigeait vers des casinos situés le long d'un étang chargé de barques joyeuses, et qui figure en petit celui d'Enghien. Bruxelles est la lune de Paris, aimable satellite d'ailleurs, auquel on ne peut reprocher que d'avoir perdu, en nous imitant, beaucoup de son originalité brabançonne. La fête d'Ixelles s'est terminée, comme toutes nos fêtes dominicales, par l'ascension d'un ballon jaune qui s'est élevé très haut en emportant l'écho des applaudissements de la foule.

En revenant, je suis entré dans l'église du Sablon, où reposent les cendres de Jean-Baptiste Rousseau, en face de l'hôtel d'Arenberg, dont l'ancien maître l'avait accueilli dans son exil. Je me disais à ce propos, et en songeant aux nombreux exilés qu'avaient en divers temps recueillis les Pays-Bas, que leur séjour dans ces contrées à la fois étrangères et françaises avait toujours servi beaucoup à propager au-dehors notre littérature et nos idées. Pour moi, j'ai toujours considéré les pays de langue française, tels que la Belgique, la

Savoie et une partie de la Suisse et des duchés du Rhin, comme des membres de notre famille dispersée. N'existe-t-il pas, malgré les divisions politiques, un lien pareil entre les pays de langue allemande ? Je n'entends parler ici que d'une frontière morale, dont les étrangers peuvent aussi, çà et là, rejeter les limites au-delà des nôtres ; mais si le style est l'homme, il faut reconnaître que la partie éclairée et agissante des populations dont je viens de parler est de même nature que la nôtre, comme sentiment et comme esprit. Je ne crois pas à la culture de la langue flamande, malgré les chambres de rhétorique et les concours de poésie – et au contraire on connaît, ou plutôt on ne reconnaît pas chez nous, un grand nombre d'écrivains belges qui sont loin de se vanter de n'être pas français. Paris absorbe tout, et, dépouillant Bruxelles de son atmosphère propre, lui rend ce qu'il lui emprunte en splendeur et en clarté. Qui oserait dire que Grétry n'est pas français et ne voir dans Rousseau que le citoyen de Genève ? Nos grands hommes appartiennent aussi à tous ceux qui, dans le monde, acceptent l'influence de notre langue et de nos travaux.

Le lendemain, je lisais les journaux au café

Suisse sur la place de la Monnaie, lorsque j'entendis des tambours qui battaient une marche. Deux porte-drapeaux les suivaient, l'un portant l'étendard belge, et l'autre l'étendard français surmonté d'une aigle. C'étaient les anciens soldats belges de l'Empire français qui célébraient l'anniversaire du 5 mai, et qui, cette année, avaient remis au 10 la cérémonie, afin qu'elle concordât avec la fête de Paris. Ils allaient se faire dire une messe et se livrer ensuite à un banquet fraternel. J'admirai la tolérance vraiment libérale du gouvernement belge et de la partie de la population qui, indifférente à ces souvenirs, saluait, sous un roi, ces vieux fidèles de l'Empire. La même cérémonie avait lieu ce jour-là dans toutes les villes de Belgique.

En rentrant à mon hôtel, je trouvai une lettre qui m'enjoignait d'avoir à venir causer vers midi avec le gouvernement. C'est la première fois que cela m'arrivait en Belgique, où j'ai passé bien souvent dans ma vie, puisque c'est la route de l'Allemagne. Un sage de l'Antiquité partait pour un voyage, lorsque, au sortir de la ville, on lui demanda: « Où allez-vous? – Je n'en sais rien », répondit-il. Sur cette réplique, on le conduisit en prison. « Vous voyez bien, dit-il, que je ne savais pas où j'allais. » Je pensais à cette vieille anecdote en traversant la cour splendide de ce même hôtel de ville que je n'avais admiré que du dehors. L'employé à qui je me présentai me dit : « Vous êtes réfugié ? – Non. – Exilé ? – Nullement. – Cependant vous voici inscrit sur ce livre en cette qualité. – C'est sans doute qu'à la frontière on aura porté ce jugement d'un homme qui venait seul à Bruxelles, tandis que tout Bruxelles se dirigeait vers Paris. Certes, je n'y ai pas mis d'intention, j'étais parti depuis huit jours. » Déjà j'étais effacé de la liste fatale, et l'on me dit d'un ton bienveillant : « Où allez-vous ? – En Hollande. – Vous aurez peut-être de la peine à y séjourner. – Je ne le pense pas, je n'y vais que pour voir les fêtes données pour l'inauguration de la statue de Rembrandt. – Oui, dit un employé qui dressa la tête derrière une table voisine, ils disent qu'ils ont une statue, *savez-vous ?* qui est encore plus belle que la nôtre de Rubens, à Anvers. Il faudra voir cela, *savez-vous ?* – Je le verrai bien, monsieur », répondis-je. Et j'admirai cette émulation artistique des deux pays, même dans les bureaux de la police.

Je n'étais donc pas destiné à figurer parmi les proscrits internés à Bruxelles ou dans les autres localités. Du reste, on s'aperçoit à peine de la présence d'un si grand nombre de nos compatriotes : on ne les voit ni dans les cafés, ni dans les lieux publics, ni presque dans les théâtres. La société belge n'a pas, comme on sait, de réceptions ou de soirées, et c'est dans les cercles seulement que tous les partis se rencontrent sur un terrain commun. « Êtes-vous libéral ? Êtes-vous clérical ? » Ce sont les questions à l'ordre du jour. Et les Français n'ont pas même à choisir, car ces divisions sont entendues autrement qu'elles le seraient chez nous.

Après tout, l'impression qu'on emporte de Bruxelles est triste. J'ai plus aimé cette ville autrefois ; je me suis trouvé heureux de respirer plus librement, au bout d'une heure, dans la solitude des rues d'Anvers. J'avais encore admiré en passant les aspects charmants du parc anglais de Laeken ; Malines, plus belle en perspective qu'en réalité ; les bras de l'Escaut miroitant au loin dans leurs berges vertes et les champs de seigle ondoyant, rayés des bandes jaunes du colza en fleur. Le houblon grimpait déjà sur ses hauts treillages, réjouissant l'œil comme les pampres d'Italie et promettant à ces contrées les faveurs du Bacchus du Nord. Des chevaux et des bœufs erraient en paix çà et là dans les pâturages, dont la lisière est brodée de beaux genêts d'or. Voici enfin la flèche d'Anvers qui se dessine au-dessus des bouleaux et des ormes, et qui s'annonce de plus près encore avec son carillon monté éternellement sur des airs d'opéra-comique.

J'ai franchi bientôt les remparts, la place de Meer, la place Verte pour gagner la cathédrale et y revoir mes Rubens: je ne trouvai qu'un mur blanc, c'est-à-dire réchampi de cette même peinture à la colle dont la Belgique abuse, par le sentiment, il est vrai, d'une excessive propreté. « Où sont les Rubens? dis-je au suisse. – Monsieur, on ne parle pas si haut pendant l'office. » Il y avait un office en effet. « Pardon! repris-je en baissant la voix, les deux Rubens, qu'en a-t-on fait? – Ils sont à la restauration », répondit le suisse avec fierté.

Ô malheur! Non contents de restaurer leurs édifices, ils restaurent continuellement leurs tableaux. Notez que la même réponse m'avait été faite il y a dix ans dans le même lieu. J'ai songé alors avec émotion à ce qui s'était passé un peu avant cette époque au musée d'Anvers. L'histoire est encore bonne à répéter. On avait confié la direction du musée à un ancien peintre d'histoire, enthousiaste de Rubens, quoique très fidèle au goût classique et n'admirant son peintre favori qu'avec certaines restrictions. Ce malheureux n'avait jamais osé avouer qu'il trouvait quelques défauts, faciles du reste à corriger, dans les chefs-d'œuvre du maître. Ce n'était rien au fond : un glacis pour éteindre certains points lumineux, un ciel à bleuir, un attribut, un détail bizarre à noyer dans l'ombre, et alors ce serait sublime. Cette préoccupation devint maladive. N'osant témoigner ses réserves ni s'attaquer en plein jour à de tels chefs-d'œuvre, craignant le regard des artistes étudiants et même celui des employés, il se levait la nuit, ouvrait délicatement les portes du musée et travaillait jusqu'au jour sur une échelle double à la lueur d'une lanterne complice. Le lendemain, il se promenait dans les salles en jouissant de la stupéfaction des connaisseurs. On disait : « C'est étonnant comme ce ciel a bleui, c'est sans doute la sécheresse, ou l'humidité... Il y avait là autrefois un triton... la couleur d'ocre l'aura noyé dans un effet de décomposition chimique. » Et on pleurait le triton. On s'aperçut de ces améliorations trop rapides bien longtemps avant d'en pouvoir soupçonner l'auteur. Convaincu enfin de manie restauratrice, le pauvre homme finit ses jours dans un de ces villages sablonneux de la Campine où l'on emploie les fous à l'amélioration du sol.

La statue de Rubens, sur la place Verte, est campée assez crânement, et doit consoler ce mort illustre des outrages que le bon goût lui a fait subir. Elle faisait moins bien autrefois sur le quai de l'Escaut, en face de la Tête de Flandre. Je suis entré dans un des cafés de la place pour demander une côtelette ou un beefsteak. « Nous n'avons plus de viande, me dit-on, parce que c'est demain vendredi. – Mais c'est demain que vous ne devriez pas en avoir ! – Pardon, c'est que, comme on n'en vendra pas demain dans la ville, les ménages s'en approvisionnent aujourd'hui. »

Je vois qu'à Anvers la religion est aussi bien suivie qu'à Londres, où l'on achète le samedi une grande quantité de porter, de sherry et de gin, afin de pouvoir se griser en liberté le dimanche, seul jour où cela soit défendu.

Pourquoi ne pas dire que les salles de danse du port, vulgairement nommées *riddecks*, sont en ce moment ce qu'il y a de plus vivant à Anvers? Pendant que la ville se couche une heure après qu'elle a couché les enfants, c'est-à-dire à dix heures, les orchestres très bruyants de ces bals maritimes résonnent le long des canaux comme au temps des Espagnols. On parle bien à Paris du bal Mabille et du Château-Rouge: je puis donc parler ici de ces réunions cosmopolites, qui ne sont qu'un peu plus décentes. Le jour où j'arrivai à Anvers, il y avait un banquet de soixante-deux capitaines de navire dans un des plus vastes établissements du quai de l'Escaut. Les bassins étaient si remplis, qu'un grand nombre de bricks et de frégates louvoyaient sur le fleuve en attendant leur tour. Quelle forêt de mâts, plus serrée et plus touffue qu'aucune forêt possible, car des arbres de cette taille ne sont jamais si rapprochés! Des affiches annonçaient ce même jour quatre départs pour Archangel. Replongeons-nous dans les rues, de peur de céder à de telles séductions.

En multipliant le nombre des capitaines de

haut bord par celui des simples caboteurs, des officiers et des matelots d'une telle agglomération, on comprendra l'éclat inouï de ces *riddecks*, survivant au siècle où Rubens y a étudié les enlacements robustes de ses dieux marins et de ses océanides. Malheureusement l'imitation de Paris gâte tout. Plus de danses nationales, plus de costumes, excepté celui des Frisonnes – qui viennent vous offrir, avec leurs coiffures de reines, leurs dentelles et leurs longs bras blancs, des œufs durs, de la morue découpée, des pommes rouges et des noix. Les vareuses et les chemises coloriées des matelots répandent aussi quelque gaieté dans cette foule. De temps en temps, de belles personnes en costume de bal, et qui ne seraient désavouées dans aucun monde, forment le carré d'un quadrille tout féminin. Ensuite la valse mugit avec furie, imitant tous les balancements de vagues que peut créer l'union du triton et de la sirène. Des familles anglaises viennent voir cela par curiosité, car il y a des estrades consacrées aux bourgeois, où l'on ne voit naturellement s'attabler que des étrangers.

Le lendemain matin, j'étais à bord du paquebot *Amicitia*, qui, tous les jours, fait le trajet d'Anvers à Rotterdam en huit heures. Les armes des deux villes décorent le bastingage. Les mains coupées du géant d'Anvers se tendent affectueusement comme pour caresser les quatre lions de gueule et de sable de l'écusson néerlandais. On n'a rien de mieux à faire alors que de s'attabler pour plusieurs heures dans la *cajute*[1] avec la certitude d'échapper aux prescriptions sévères du vendredi belge. La viande protestante s'étale sous toutes les formes, et, toujours trop peu cuite pour nous, inonde de son sang les pommes de terre de Dordrecht. On laisse à gauche Flessingue, à droite Berg-op-Zoom en fredonnant la vieille chanson française : *Cti-là qu'a pincé Berg-op-Zoom*, et l'on se fatigue peu à peu de ces méandres de bras de mer et d'embouchures de fleuves qui découpent la Zélande en guipures. À la hauteur d'un certain fort qui doit s'appeler Loo, le pavillon belge nous avait salués une dernière fois – puis nous avions retrouvé nos couleurs françaises, disposées en longueur et non plus en largeur. Les douaniers des Pays-Bas inspectent les bagages et les marquent d'un crayon blanc. Puisse-t-il nous porter bonheur comme la craie dont les Latins marquaient les jours heureux !

1. Du hollandais *kajuit*, la *chambre du capitaine*.

LES DÉLICES DE LA HOLLANDE

Revue parisienne, 20 octobre 1844

Question des huîtres

Chemin faisant, après avoir quitté la France à la station de Mouscron, je m'aperçois que j'ai changé de roi, de douaniers et de gendarmes, et que je vis sous la protection d'un drapeau tricolore passé au jaune, et d'institutions d'une nuance moins vive que les nôtres ; il s'agit donc de prendre connaissance de la politique du lieu.

Le bon Sterne – hélas ! qui de nous, touristes dégénérés, ne voudrait être dans sa culotte de soie et dans son habit de ratine ? – se disait en touchant le sol de la France, que s'il mourait subitement, rien ne pourrait empêcher l'exercice du droit d'aubaine[1] ! Je pense qu'il en serait aujourd'hui autrement. Mais si, dans une circonstance analogue, le roi des Belges avait à faire valoir des droits sur mon habit bleu barbeau… j'aurais toujours à me reprocher d'avoir ignoré les lois du pays ; je ne puis donc que m'instruire, en me mêlant à la conversation

1. Un droit qui voulait que le seigneur, et plus tard le roi, recueille la succession des étrangers morts sur son sol.

politique de quelques voyageurs que nous prenons à Courtrai.

Le mot d'huître se mêlant très souvent à leur conversation d'un français déjà frotté de wallon, je ne pus croire que ces bonnes gens s'adressaient si fréquemment cette injure banale, et je cherchai à me mettre au courant de l'affaire.

« Monsieur, me dit l'un d'eux, le ministre trahit la Belgique pour l'Angleterre : mais l'huître belge ne reculera pas.

– Permettez, monsieur, disait un autre, l'huître belge a des privilèges : l'huître anglaise ne réclame que le droit commun.

– Jamais, monsieur. Les villes flamandes ont leurs franchises, et nous résisterons. Hier, à la kermesse de Courtrai, on a exécuté le chant national, malgré la défense du ministre ; nous avons nos droits !

– Quel chant national ? demandai-je.

– Oui, monsieur, notre chant à tous :

Guerre aux tyrans ! dans la Belgique,
Jamais l'Anglais ne régnera. »

Peu à peu la question s'éclaircissait pour moi : il s'agissait des huîtres d'Ostende, et la discussion avait lieu entre un éleveur d'huîtres et un hôtelier, qui revenaient de la kermesse, et dont le patriotisme se réglait sur des intérêts opposés.

Voici l'affaire telle que je la compris dans les journaux belges, en arrivant à Gand.

J'avais toujours douté qu'il y eût des huîtres à Ostende, mais il est vrai de dire qu'il n'y en a pas. L'huître que nous nommons d'Ostende s'appelle à Bruxelles huître anglaise, et est apportée à Ostende par des pêcheurs anglais... lesquels vont la recueillir toute jeune sur les côtes de France, ainsi qu'il est constaté par les plaintes continuelles de nos pêcheurs bretons ou normands.

L'huître d'Ostende n'est donc souvent qu'une huître de Cancale qui a voyagé et qui vaut alors trois fois davantage. Puisse-t-on en dire autant des littérateurs.

Arrachée à ses bancs paternels, l'huître est transportée à Ostende, la côte la moins rocailleuse du monde, et la plus incapable d'en produire naturellement. On dépose là les jeunes huîtres dans des parcs, où elles se nourrissent et se forment, entourées de soins vigilants. Ceci est l'industrie belge ; mais depuis quelque temps, des Anglais ont imaginé de créer, dans de vieux bateaux, des *huîtreries* mobiles, qu'ils appellent des parcs flottants. Leur fait-on observer que la terre est à la Belgique, ils répondent que la mer est à l'Angleterre, et que le pavillon couvre l'huître, ainsi que l'homme d'Albion.

Sur quoi les *huîtriers* belges ont offert de prouver au ministère que l'huître conservée dans des bateaux était malsaine, maigre, et pouvait même causer des empoisonnements.

Le ministère belge, touché de ces raisons, a frappé l'huître flottante d'un impôt de douze pour cent.

Mais l'huître en serait-elle moins malsaine parce qu'elle paiera l'impôt ? s'écrient les huîtriers d'Ostende.

Le ministère essaie de soutenir, par ses journaux, qu'un objet qui paie l'impôt n'est jamais malsain.

Voilà où en est la question.

Alexandre Dumas
(1802-1870)

Fuyant aussi bien ses créanciers que Louis Napoléon Bonaparte après le coup d'État du 2 décembre 1851, Alexandre Dumas s'est exilé à Bruxelles qu'il connaissait pour l'avoir visité treize ans auparavant, alors qu'avec Nerval il partait découvrir l'Allemagne. Il évoque ce séjour en Belgique dans ses Excursions sur les bords du Rhin, *parues en 1841.*

Bruxelles

J'arrivai à Bruxelles le 20 août 1838, avec l'intention de visiter toute la Belgique, et de revenir en France par les bords du Rhin. [...]

Il y a trois manières de parcourir une ville. La première en visitant ses monuments par ordre chronologique ; la seconde en la divisant quartier par quartier et en parcourant ces quartiers les uns après les autres; la troisième en allant droit devant soi et en marchant au hasard.

C'est ordinairement ce dernier mode que je préfère, car ainsi tout me devient imprévu, et par conséquent me frappe davantage. Comme en général des études préparatoires sur le pays que je visite m'ont mis à même de le parcourir sans cicérone, sans guide et sans plan, une description prématurée n'ôte rien de leur grandeur ou de leur étrangeté aux monuments que je rencontre tout à coup en tournant un coin de rue ou en débouchant sur une place, et qui m'apparaissent alors peuplés de leurs souvenirs, que je force à repasser les uns après les autres devant moi comme des fantômes. Dès qu'un autre ne m'a point conduit, il me semble que c'est moi qui ai trouvé, et ce sentiment devient plus vif encore lorsque je vois la foule passer indifférente, et comme si elle ne le voyait pas, au pied de l'édifice ou au milieu du point de vue devant lequel je reste en admiration: ce point de vue et cet édifice me semblent dès lors une création magique, élevée sur mon passage, et qui disparaîtra derrière moi.

C'est ainsi qu'en partant de l'hôtel de la Reine de Suède, le seul où j'aie trouvé de la place, je pris à droite, et après m'être perdu quelque temps dans des rues étroites et tortueuses, je me trouvai tout à coup en face de l'hôtel de ville, monument gothique, achevé par son architecte, Van Ruisbroek, en 1441, tout entouré de maisons bâties à l'époque de la domination de l'Espagne, et offrant le caractère de l'architecture castillane. Ces maisons donnent à la place une physionomie qui, sans être parfaitement homogène, puisque le génie de deux peuples différents est venu se heurter dans ce lieu, n'en forme pas moins un ensemble si parfaitement pittoresque, que si ce n'est point une des plus belles places que je connaisse, c'est au moins une des plus originales. Après l'hôtel de ville, son édifice le plus important est la maison communale, située presque en face, et d'où le comte d'Egmont sortit pour marcher au supplice. Une galerie tendue de noir avait été construite, qui conduisait du balcon à l'échafaud; précaution prise sans doute pour que le condamné se trouvât hors de la portée de ceux qui, par un coup de main, eussent tenté de le sauver. Cette maison, malheureusement pour ceux qui aiment à voir les souvenirs éternisés en face les uns des autres, n'est plus la même qu'elle était alors. Bâtie au commencement du XVe siècle, elle a été restaurée à deux reprises : la première fois en 1625, par Isabelle, qui la consacra à Notre-Dame de la Paix, en mémoire de ce que cette vierge avait délivré Bruxelles de la peste, de la guerre et de la famine, ainsi que le constatent ces mots à demi effacés, mais que l'on peut lire encore : *A peste, fame et bello libera nos, Maria pacis.* La seconde fois après le bombardement que le maréchal de Villeroi fit subir à la ville en 1695.

Des marches de cette maison, l'aspect de l'hôtel de ville est merveilleux ; la tour, placée de côté comme celle du vieux palais à Florence, s'élance avec une majestueuse légèreté à la hauteur de trois cent soixante-quatre pieds ; un saint Michel de bronze doré la surmonte, grand de dix-sept pieds, qui tourne au vent comme une girouette, et qui d'en bas semble un jouet d'enfant. [...]

Je ne sais quand je me serais décidé à quitter cette magnifique place, si je n'avais aperçu par une échappée de maisons les tours de Sainte-Gudule, qui dominent toute la ville. Plus on s'en approche, plus, dans des proportions moindres, on reconnaît que l'édifice ressemble à

Notre-Dame, quoique d'une date un peu postérieure et par conséquent d'une ornementation moins sévère. [...]

À cinq cents pas de l'église, en tournant le coin de la rue de l'Étuve, je me trouvai en face d'une fontaine que je m'étais bien promis de voir quand j'irais à Bruxelles, et que j'avais totalement oubliée depuis que j'y étais ; c'est celle qui supporte le palladium de la ville, le fameux *Manneken-Pis*, dont le lecteur n'est pas sans avoir entendu parler.

L'auteur de la petite statuette que les Bruxellois ont adoptée pour leur dieu lare, a sans doute compté sur le privilège qu'ont les enfants de ne jamais être indécents, quelque chose qu'ils fassent, quand il n'a pas craint de représenter son héros accomplissant en face du public un acte pour lequel les Parisiens eux-mêmes, ces grands cyniques de la civilisation moderne, ont l'habitude de lui tourner le dos. Voici quelle tradition sert sinon d'excuse, du moins de passeport à cette singulière idée.

Le fils d'un duc de Brabant, s'étant enfui du palais de son père, se perdit dans les rues de Bruxelles. À la vue de la douleur du bon duc, toute la Cour se mit en quête ; la recherche dura deux jours sans résultat aucun, et au milieu de la consternation générale ; enfin, un courtisan, plus heureux ou plus actif que ses confrères, retrouva, entre la rue du Chêne et celle de l'Étuve, le fugitif, dans la même position où l'amour paternel nous a conservé son effigie. De leur côté, les Bruxellois gardèrent au simulacre du fils la vénération qu'ils avaient pour la personne du père, et la première statue, qui était de pierre, ayant été brisée, une seconde, reproduisant avec une grande fidélité la pose et l'expression de la précédente, fut fondue en 1648 par le célèbre Duquesnois de scandaleuse mémoire, et inaugurée à la même place, sans que le changement qui s'était opéré dans la matière primitive fît subir au culte qu'inspirait le Manneken-Pis la moindre altération.

Depuis lors, la position sociale du Manneken-Pis, au contraire de celle de plus d'un grand seigneur qui croyait bien le valoir, n'a fait que s'améliorer. Les Bruxellois l'ont nommé le plus ancien bourgeois de la ville, comme l'armée avait nommé La Tour d'Auvergne le premier grenadier de France : l'Électeur de Bavière, qui avait eu l'honneur de lui être présenté, lui donna une garde-robe complète et attacha à son service un valet de chambre avec charge de l'habiller et de le déshabiller; Louis XV, pour réparer les insultes que lui avaient faites quelques soldats des gardes-françaises, le déclara, en 1747, chevalier de ses ordres, et lui fit hommage d'un costume de Cour avec le chapeau à plumes et l'épée; enfin, en 1832, le conseil municipal lui vota par acclamation un uniforme d'officier de la garde nationale: c'est sous ce costume le plus populaire de tous que depuis cette époque il est exposé le jour de la fête de Bruxelles, qui tombe à la mi-juillet. Il va sans dire que pendant tout le temps qu'il est habillé il cesse ses fonctions hydrauliques, qu'il reprend immédiatement après la kermesse, à la grande satisfaction de la multitude.

Le 3 octobre 1817, Bruxelles se réveilla dans la consternation; pendant la nuit, son palladium avait disparu. On crut d'abord que, mécontent de sa dernière inauguration, il était allé offrir ses services à quelque ville plus reconnaissante. Mais on fit une enquête auprès de son valet de chambre, et il fut reconnu qu'il n'avait manifesté, au moment où il lui avait ôté ses habits, aucun signe de mauvaise humeur: on commença alors à croire que les manœuvres qui avaient soustrait le Manneken-Pis aux regards du public, ne devaient point être attribuées à son libre arbitre ; en vertu de ce raisonnement spécieux, la police se mit en quête et retrouva la statue chez un forçat libéré, nommé Lycas, qui l'avait volée. La joie fut grande, le jour où on apprit la bienheureuse nouvelle ; on tira le canon, comme pour l'accouchement de la reine, et la ville fut illuminée. Enfin, le 6 décembre 1818, après plus d'un an d'absence, le Manneken-Pis fut en grande cérémonie replacé sur son piédestal, où, à peine rétabli, il reprit joyeusement ses fonctions comme si rien ne s'était passé, et d'où, grâce à une surveillance active, il n'a pas disparu depuis. […]

Comme je possédais à peu près toute la biographie du Manneken-Pis, et que d'ailleurs l'heure pressait, nous nous acheminâmes vers le palais du prince d'Orange, qui a conservé son ancien nom, parce que le prince Guillaume, dont il est la propriété privée, n'a voulu ni en faire la cession ni le démeubler depuis 1830, espérant sans doute y rentrer un soir comme il en est sorti un matin. […]

En sortant du palais j'aperçus un individu qu'à sa tournure je reconnus pour Français, et qui, de son côté, s'arrêta pour me regarder; je me jetai aussitôt dans le Parc, de peur qu'il ne vînt à moi, car à Bruxelles, ce que nous pouvons rencontrer de pis, est un compatriote. Ceci demande explication, et je m'empresse de la donner.

Bruxelles a été de tout temps le refuge des proscrits: Marie de Médicis, exilée par son fils, y vint demander l'hospitalité à Isabelle; Charles, duc de Lorraine, s'y réfugia après que ses sujets l'eurent chassé de ses États; Christine y abjura la religion luthérienne après avoir abdiqué la couronne de Suède; enfin Charles II et son frère le duc d'York vinrent y chercher un asile contre le protectorat de Cromwell.

Ces illustres exemples ont eu de nos jours force imitations; seulement, aux proscrits politiques ont succédé les exilés judiciaires, tout ce qui a commis un faux, ce qui a fait banqueroute, tout ce qui enfin serait forcé de se voiler la face à Paris, s'éclipse tout à coup du boulevard de Gand ou de la place de la Bourse, et va reparaître, le visage découvert et resplendissant, sur l'allée Verte, à Bruxelles; alors, pour peu que ces honnêtes réfugiés aient su assez écrire pour signer au bas d'une lettre de change un autre nom que le leur, ils vivent de scandale, calomniant dans quelque cloaque littéraire la France qui les rejette comme un fleuve qui rejette son écume, et donnant à l'étranger ce spectacle honteux d'un fils qui, au lieu de se repentir et de s'humilier, crache publiquement et quotidiennement au visage de sa mère ; aussi j'avoue que, pour mon compte, je suis loin de me formaliser de la défiance des Belges à notre égard, et que je m'étonne toujours qu'avant de donner la main à un Français, ils ne lui demandent pas à voir son épaule.

Gand

Il se peut que les chemins de fer soient une merveilleuse invention pour les commis voyageurs et les portemanteaux, mais c'est à coup sûr la ruine du pittoresque et de la poésie. S'il eût pris le chemin de fer de Calais à Paris, Sterne n'eût certes pas rencontré l'âne dont il nous a raconté l'histoire ; et moi, si j'eusse pris un chemin de fer de Villeneuve à Martigny, il est plus que probable que je n'eusse point fait à Bex cette fameuse pêche aux truites qui a soulevé une si grande controverse parmi les savants ; et partant, adieu le *Sentimental Journey* et les *Impressions de voyage*, ce qui serait, on en conviendra, une perte bien autrement déplorable que celle de la fameuse bibliothèque d'Alexandrie.

Cependant, en revenant d'Anvers à Bruxelles, nous apprîmes que les chemins de fer de Sa Majesté Léopold Ier faisaient des leurs. La surveille, le convoi de Termonde, piqué par je ne sais quelle mouche, sortant tout à coup de ses gonds, s'en était allé tranquillement à travers champs ; et là, il avait exécuté avec une adresse merveilleuse trois tours sur lui-même, semant dans la plaine un régiment d'infanterie qu'il transportait avec armes et bagages, lequel se releva, se secoua, se raligna et poursuivit sa route à pied avec un ordre qui fit le plus grand honneur à ses officiers instructeurs. Mais ce n'était pas le tout : la veille, un pontonnier ivre avait oublié de rajuster les ponts, de sorte que le convoi qui revenait de Bruges, et qu'on avait négligé de prévenir de cet accident, allait descendre tout entier dans la Lys, lorsque heureusement, entre la troisième et la quatrième voiture, les attaches s'étaient rompues, si bien qu'il n'y avait eu qu'une demi-douzaine de personnes noyées au lieu de deux cents qui auraient pu l'être ; bonheur qui fut apprécié par tout le monde, excepté par ceux qui avaient eu la chance de se placer dans les trois premières voitures.

Comme depuis l'établissement de la locomotive à la vapeur toute concurrence était tombée, nous ne fûmes pas moins contraints, malgré ces deux accidents, de reprendre le lendemain matin le chemin de Gand, au risque d'aller donner tête baissée dans un troisième.

Ordinairement on fait, dit-on, la route de Bruxelles à Gand, c'est-à-dire dix-huit lieues, en trois heures : nous en mîmes cinq. Mais on nous fit observer que sur ces cinq heures deux s'étaient passées à attendre, immobiles et emboîtés dans nos diligences, que le convoi de Bruges fût revenu, et que par conséquent, puisque ces deux heures n'avaient pas été employées à la route, elles ne devaient pas compter. Si médiocre que fût cette raison, il nous fallut la prendre pour excellente. Au reste, cette station forcée m'avait été une excellente occasion d'admirer la quiétude flamande. Pendant ces deux heures chacun était resté à sa place, sans donner le moindre signe d'ennui, et sans même s'informer pourquoi nous n'avancions pas. Trois ou quatre Français seulement, qu'on reconnaissait à leur impatience et à la manière défectueuse dont, selon les Belges, ils parlent notre langue, bourdonnaient et voltigeaient autour de leurs cages respectives comme des frelons autour d'une ruche d'abeilles. Tout le secret de la prospérité belge est dans ces deux mots : ordre et patience.

PIGEONS, COQS ET PINSONS BELGES

Le Moniteur universel du soir,
29 septembre 1868

Les courses de pigeons, les combats de coqs et les concours de pinsons sont les trois grands amusements belges. Sur ces amusements, comme sur nos courses de chevaux, les amateurs belges, wallons ou flamands, risquent d'assez fortes sommes. [...]

La plus ancienne société de pigeonneurs de Bruxelles, ayant ses archives parfaitement en ordre, remonte à 1828. Il y a à Bruxelles un journal consacré spécialement aux concours de pigeons. On le nomme *l'Épervier*. À l'époque où ces courses de pigeons n'étaient pas encore une notoriété publique, quelques spéculateurs firent d'heureux coups de Bourse et de loterie, grâce à leurs messagers ailés. Le télégraphe a cassé les ailes des pigeons.

Après les pigeons, la grande passion des Belges est le combat de coqs. Les combats de coqs sont défendus en Belgique, comme tout est défendu dans ce bienheureux pays, où l'on peut tout faire, pourvu qu'on n'en demande pas la permission. Les combats de coqs sont une grande affaire. On y met la même solennité, et certainement plus de sérieux que dans les combats entre chrétiens.

Il y a un jury chargé d'examiner les coqs qui doivent combattre, et les peser pour voir s'ils sont bien du même poids, de visiter leurs pattes pour voir s'ils n'ont pas des éperons d'acier, de respirer leur haleine en leur ouvrant le bec pour s'assurer qu'ils n'ont pas bu de gin, de leur sucer la crête pour pouvoir affirmer que cet appendice si important dans les combats de coqs n'a pas été frotté d'ail. Et, en effet, si un des deux combattants a sur un autre l'avantage d'avoir pris une goutte de gin, cette goutte de gin lui donne momentanément une exaltation de forces, qui peut amener la défaite de l'adversaire. Si, d'un autre côté, la crête d'un des combattants est frottée d'ail, son adversaire, repoussé par l'odeur, détournera la tête au lieu de le saisir par cet ornement. J'ai vu des paris de trois ou quatre mille francs engagés dans un seul combat entre deux de ces animaux.

Le troisième amusement des Belges, dans lequel la loi Grammont[1] aurait bien aussi quelque

1. Loi du 2 juillet 1850 visant à la protection des animaux.

chose à voir, c'est la Société des pinsons. Il y a en Belgique trois espèces de pinsons, qui tirent leur nom de la dernière syllabe de leur chant. Le *scabia* qui appartient au pays wallon. Le *tisckuitz* et le *vediot*, qui appartiennent au pays de Brabant. On sait que le pinson répète incessamment une courte phrase qui est toujours la même et qui peut durer deux ou trois secondes. Le prix est au pinson qui répète le plus de fois cette phrase.

J'ai connu des pinsons, à qui j'eusse certainement donné immédiatement leur volée, s'ils m'eussent appartenu, et qui répétaient la même phrase jusqu'à huit cents fois en une heure. Aussi ai-je remarqué que les maîtres de ces boîtes à musique vivantes étaient en général plus bêtes que leurs oiseaux. Pour les pousser à chanter, on les soumet à une opération assez douloureuse, et qui ne laisse pas d'être fort cruelle, à notre avis. On fait chauffer un tuyau de pipe et on le leur approche des paupières, de façon à causer une légère brûlure d'abord, mais qui va en empirant pendant neuf jours. Au bout de neuf jours, les paupières des pauvres animaux se sont rejointes et collées l'une à l'autre. Ils ne sont point aveugles, c'est vrai ; mais cela revient exactement au même, puisqu'ils ne voient pas clair.

Les Belges, qui n'ont jamais pu apprendre à parler français, prétendent qu'ils comprennent la langue pinsonne, et que tous les pinsons privés de vue, qu'ils ont interrogés, leur ont répondu que, s'ils voyaient clair, ils seraient très malheureux, prisonniers dans des cages de neuf pouces de circonférence, de trois de diamètre et de quatre de hauteur : qu'au contraire, ne voyant pas où ils sont, et ne se rendant pas compte de leur captivité, ils voient avec les yeux de l'imagination des forêts merveilleuses, des jardins pleins de fleurs, des ruisseaux transparents comme le cristal, et que, dans leur joie de voir de si belles choses, ils chantent huit cents fois à l'heure le même refrain.

Quand j'étais à Bruxelles, et que l'achat de pinsons chanteurs ne dépassait pas mes moyens, je me donnais le plaisir de rendre la vue, à l'aide d'un pinceau trempé dans de l'eau de guimauve, à deux ou trois de ces malheureux, que je posais sur ma fenêtre, et qui, tout joyeux, quoi qu'en disent les Belges, s'élançaient dans le premier arbre venu, où ils chantaient leur refrain avec un accent auquel il n'y avait pas à se tromper. C'était celui de la reconnaissance.

Victor Hugo
(1802-1885)

ÉCRIT SUR LA VITRE D'UNE FENÊTRE FLAMANDE

J'aime le carillon dans tes cités antiques,
Ô vieux pays gardien de tes mœurs domestiques,
Noble Flandre, où le Nord se réchauffe engourdi
Au soleil de Castille et s'accouple au Midi !
Le carillon, c'est l'heure inattendue et folle,
Que l'œil croit voir, vêtue en danseuse espagnole,
Apparaître soudain par le trou vif et clair
Que ferait en s'ouvrant une porte de l'air.
Elle vient, secouant sur les toits léthargiques
Son tablier d'argent plein de notes magiques,
Réveillant sans pitié les dormeurs ennuyeux,
Sautant à petits pas comme un oiseau joyeux,
Vibrant, ainsi qu'un dard qui tremble dans la cible;
Par un frêle escalier de cristal invisible,
Effarée et dansante, elle descend des cieux;
Et l'esprit, ce veilleur fait d'oreilles et d'yeux,
Tandis qu'elle va, vient, monte et descend encore,
Entend de marche en marche errer son pied sonore !

Malines-Louvain, 19 août 1837.
(*Les Rayons et les Ombres*.)

10 août 1837 : Victor Hugo et Juliette Drouet quittent Paris pour la Belgique, d'où ils reviendront un mois plus tard. Au cours de ce séjour, Hugo écrit de nombreuses lettres à Adèle, sa femme.

VICTOR HUGO À SA FEMME

Bruxelles – 17 août, 8 heures du soir.

Chère amie, je suis tout ébloui de Bruxelles, ou pour mieux dire de deux choses que j'ai vues à Bruxelles : l'hôtel de ville avec sa place, et Sainte-Gudule. Les vitraux de Sainte-Gudule sont d'une façon presque inconnue en France, de vraies peintures, de vrais tableaux sur verre d'un style merveilleux, avec des figures comme Titien et des architectures comme Paul Véronèse. [...]

J'avais déjà vu à Mons une église belge, fort belle vraiment et du XIVe siècle, Sainte-Waudru. L'intérieur de ces églises-là fait honte à nos cathédrales. C'est partout un luxe, un soin, un zèle, une propreté, un ameublement exquis des chapelles, un ajustement splendide des madones qui indigne contre nos églises si sales, si nues et si mal tenues. Si ces braves Belges ne badigeonnaient pas aussi de temps en temps, on n'aurait qu'à admirer. Sainte-Waudru pourtant n'est pas barbouillée, mais Sainte-Gudule l'est.

Quand je suis entré dans Sainte-Gudule, il était trois heures. On célébrait l'office de la Vierge. Une madone couverte de pierreries et vêtue d'une longue robe de dentelle d'Angleterre étincelait sous un dais d'or au milieu de la nef à travers une lumineuse fumée d'encens qui se déchirait autour d'elle. Beaucoup de peuple priait immobile à genoux sur le pavé sombre, et au-dessus un large rayon de soleil faisait remuer l'ombre et la clarté sur plusieurs grandes statues d'une fière tournure adossées aux colonnes. Les fidèles semblaient de pierre, les statues semblaient vivre.

Et puis un chant admirable coupé de voix graves et de voix claires tombait mystérieusement avec le bruit de l'orgue des plus hautes travées perdues dans la vapeur. Moi, pendant ce temps-là, j'avais l'œil vaguement fixé sur la chaire fourmillante de Verbruggen, chaire magique qui parle toujours. Encadre ceci de vitraux, d'ogives, et de tombes de la Renaissance en marbre noir et blanc, et tu comprendras qu'il résultait de cet ensemble une sensation sublime.

L'hôtel de ville de Bruxelles est un bijou comparable à la flèche de Chartres ; une éblouissante fantaisie de poète tombée de la tête d'un architecte. Et puis, la place qui l'entoure est une merveille. À part trois ou quatre maisons que de modernes cuistres ont fait dénaturer, il n'y a pas là une façade qui ne soit une date, un costume, une strophe, un chef-d'œuvre. J'aurais voulu les dessiner toutes l'une après l'autre.

Je suis monté sur les clochers de Sainte-Gudule. C'était beau. Toute la ville sous mes pieds, les toits tailladés et volutés de Bruxelles à demi estompés par les fumées, le ciel (un ciel orageux) plein de nuages dorés et frisés par le haut, coupés ras comme marbre par le bas, au fond une grosse nuée lointaine d'où tombait la pluie comme du sable fin d'un sac qui se crève, le soleil jouant dans tout cela, la magnifique lanterne à jour du beffroi se détachant sombre sur les vapeurs blanches, et puis le bruit confus de la ville qui montait, et puis la verdure des belles collines de l'horizon, c'était vraiment beau. J'ai tout admiré comme un provincial de Paris que je suis, tout, jusqu'au maçon qui cognait sur une pierre et qui sifflait à côté de moi.

Bruxelles m'a fait oublier Mons, et pourtant

Mons vaudra peut-être que je t'en reparle, car c'est une ville charmante. Mais pour aujourd'hui, mon Adèle, tu dois en avoir assez de mes pierres et de mes églises, et je crois t'entendre me gronder gaiement de ma manie. Chère amie, ne t'en plains pas. Les églises me font penser à toi. Je sors de là vous aimant tous plus encore, s'il est possible. [...] Je bois de la bière comme un Flamand. La bière de Louvain a un arrière-goût douceâtre qui sent la souris crevée. C'est fort bien. Je t'embrasse, mon pauvre ange.

Écris-moi désormais à *Dunkerque poste restante*.

Bruxelles – 18 août.

Je suis encore à Bruxelles, mon Adèle. En attendant la diligence je te commence une lettre que je finirai à Louvain ou à Malines. Tu vois combien c'est un bonheur pour moi de me rapprocher de toi par la pensée en t'écrivant.

Je t'ai promis de te reparler de Mons. C'est en effet une ville fort curieuse. Pas un clocher gothique à Mons, car l'église chapitrale de Sainte-Waudru n'a qu'un petit clocheton d'ardoise insignifiant ; en revanche la silhouette de la ville est chargée de trois beffrois dans ce goût tourmenté et bizarre qui résulte ici du choc du Nord et du Midi, de la Flandre et de l'Espagne. La plus haute de ces trois tours, bâtie sur l'emplacement de l'ancien château, et, je pense, vers la fin du XVIIe siècle, a un toit vraiment étrange. Figure-toi une énorme cafetière flanquée au-dessous du ventre de quatre théières moins grosses. Ce serait laid si ce n'était grand. La grandeur sauve.

Autour de ce genre de clochers, imagine des places et des rues irrégulières, tortues, étroites souvent, bordées de hautes maisons de brique et de pierre à pignons taillés du XVe siècle et à façades contournées du XVIe, et tu auras une idée d'une ville de Flandre.

La place de l'hôtel de ville à Mons est particulièrement jolie. L'hôtel de ville a une belle devanture à ogives du XVe siècle avec un assez curieux beffroi rococo, et de la place on aperçoit en outre les deux autres clochers. Comme je devais partir à trois heures du matin je ne me suis pas couché pour voir cet ensemble au clair de lune. Rien de plus singulier et de plus charmant sous un beau ciel clair et étoilé que cette place si bien déchiquetée dans tous les sens par le goût capricieux du XVe siècle et par le génie extravagant du XVIIIe ; rien de plus original que tous ces édifices chimériques vus à cette heure fantastique.

De temps en temps un carillon ravissant s'éveillait dans la grande tour (la tour des théières) ; ce carillon me faisait l'effet de chanter à cette ville de magots flamands je ne sais quelle chanson chinoise ; puis il se taisait, et l'heure sonnait gravement. Alors, quand les dernières vibrations de l'heure avaient cessé, dans le silence qui revenait à peine, un bruit étrangement doux et mélancolique tombait du haut de la grande tour, c'était le son aérien et affaibli d'une trompe, deux soupirs seulement. Puis le repos de la ville recommençait pour une heure. Cette trompe, c'était la voix du guetteur de nuit. Moi, j'étais là, seul éveillé avec cet homme, ma fenêtre ouverte devant moi, avec tout ce spectacle, c'est-à-dire tout ce rêve dans les oreilles et dans les yeux. J'ai bien fait de ne pas dormir cette nuit-là, n'est-ce pas ? Jamais le sommeil ne m'aurait donné un songe plus à ma fantaisie.

Eh bien ! ce rêve est fortifié. Mons est une citadelle ; et une citadelle plus forte qu'aucune des nôtres. Il y a huit ou dix enceintes avec autant de fossés autour de Mons. En sortant de la ville on est rejeté pendant plus d'un quart d'heure de passerelles en ponts-levis à travers les demi-lunes, les bastions et les contrescarpes. Ce sont les Anglais qui ont mis cette chemise à la ville pour le jour où nous aurions le caprice de nous en vêtir.

Cette Flandre est belle d'ailleurs. De grandes prairies bien vertes, de frais enclos de houblon, des rivières étroites coulant à pleins bords ; tantôt un herbage plein de vaches, tantôt un cabaret plein de buveurs. On voyage entre Paul Potter et Téniers.

Quant à la propreté flamande, voici ce que c'est : toute la journée, toutes les habitantes, servantes et maîtresses, duègnes et jeunes filles, sont occupées à nettoyer les habitations. Or, à force de lessiver, de savonner, de fourbir, de brosser, de peigner, d'éponger, d'essuyer, de tripolisser, de curer et de récurer, il arrive que toute la crasse des choses lavées passe aux choses lavantes ; d'où il suit que la Belgique est le pays du monde où les maisons sont les plus propres et les femmes les plus sales.

Ceci soit dit en exceptant, bien entendu, les

belles dames, avec lesquelles je ne veux me faire d'affaires en aucun pays.

Anvers – 22 août, 4 heures du soir.

Je suis arrivé hier ici à dix heures du matin. Depuis ce moment je cours d'église en église, de chapelle en chapelle, de tableau en tableau, de Rubens en Van Dyck. Je suis épuisé d'admiration et de fatigue. Ajoute à cela que je suis monté sur le clocher, six cent seize marches, quatre cent soixante-deux pieds, la plus haute flèche du monde après Strasbourg. C'est tout à la fois un édifice gigantesque et un bijou miraculeux. Un Titan pourrait y habiter, une femme voudrait l'avoir à son cou. J'ai vu de là tout Anvers, une ville gothique comme je les aime, et l'Escaut, et la mer, et la citadelle, et la fameuse lunette Saint-Laurent. C'est une pointe de gazon avec deux petites maisons rouges au bout.

Cette ville est admirable. Des peintures dans les églises, des sculptures sur les maisons, Rubens dans les chapelles, Verbruggen sur les façades, l'art y fourmille. On recule pour admirer le portail de l'église, on se heurte à quelque chose, on regarde, c'est un puits ; un puits magnifique en pierre sculptée et en fer ciselé avec des statuettes et des figurines. De qui est ce puits ? De Quentin Metsys. On se retourne. Qu'est-ce que c'est que cet immense édifice avec cette belle devanture de la Renaissance ? C'est l'hôtel de ville. On fait deux pas. Qui a dessiné cette grande façade rococo si flambante et si riche ? C'est Rubens.

Toute la ville est ainsi.

J'excepte le quartier neuf qui est bête ici comme partout ailleurs et qui prend des airs de rue de Rivoli.

Je suis réconcilié avec les chemins de fer ; c'est décidément très beau. Le premier que j'avais vu n'était qu'un ignoble chemin de fabrique. J'ai fait hier la course d'Anvers à Bruxelles et le retour. Je partais à quatre heures dix minutes et j'étais revenu à huit heures un quart, ayant dans l'intervalle passé cinq quarts d'heure à Bruxelles et fait vingt-trois lieues de France. C'est un mouvement magnifique et qu'il faut avoir senti pour s'en rendre compte. La rapidité est inouïe. Les fleurs du bord du chemin ne sont plus des fleurs, ce sont des taches ou plutôt des raies rouges ou blanches ;

plus de points, tout devient raie ; les blés sont de grandes chevelures jaunes, les luzernes sont de longues tresses vertes ; les villes, les clochers et les arbres dansent et se mêlent follement à l'horizon ; de temps en temps, une ombre, une forme, un spectre debout paraît et disparaît comme l'éclair à côté de la portière ; c'est un garde du chemin qui, selon l'usage, porte militairement les armes au convoi. On se dit dans la voiture : C'est à trois lieues, nous y serons dans dix minutes. Le soir, comme je revenais, la nuit tombait. J'étais dans la première voiture. Le remorqueur flamboyait devant moi avec un bruit terrible, et de grands rayons rouges, qui teignaient les arbres et les collines, tournaient avec les roues. Le convoi qui allait à Bruxelles a rencontré le nôtre. Rien d'effrayant comme ces deux rapidités qui se côtoyaient, et qui, pour les voyageurs, se multipliaient l'une par l'autre. On ne se distinguait pas d'un convoi à l'autre ; on ne voyait passer ni des wagons, ni des hommes, ni des femmes, on voyait passer des formes blanchâtres ou sombres dans un tourbillon. De ce tourbillon sortaient des cris, des rires, des huées. Il y avait de chaque côté soixante wagons, plus de mille personnes ainsi emportées, les unes au nord, les autres au midi, comme par l'ouragan.

Il faut faire beaucoup d'efforts pour ne pas se figurer que le cheval de fer est une bête véritable. On l'entend souffler au repos, se lamenter au départ, japper en route ; il sue, il tremble, il siffle, il hennit, il se ralentit, il s'emporte ; il jette tout le long de la route une fiente de charbons ardents et une urine d'eau bouillante ; d'énormes raquettes d'étincelles jaillissent à tout moment de ses roues ou de ses pieds, comme tu voudras ; et son haleine s'en va sur vos têtes en beaux nuages de fumée blanche qui se déchirent aux arbres de la route.

Audenarde – 24 août, 7 heures du soir.

C'est une belle ville que Gand. Gand est à Anvers ce que Caen est à Rouen : une chose belle à côté d'une chose admirable. J'ai cependant pris le temps de visiter Saint-Bavon et, bien entendu, je suis monté sur la tour. Pour moi il y a deux façons de voir une ville, qui se complètent l'une par l'autre ; en détail d'abord, rue à rue et maison à maison ; en masse ensuite, du haut des clochers. De cette manière on a dans l'esprit la face et le profil de la ville. Vu du haut de Saint-Bavon, c'est-à-dire de deux cent soixante-douze pieds de haut, et il faut monter quatre cent cinquante marches pour arriver là, Gand a sa configuration gothique presque aussi bien conservée qu'Anvers. La tour du beffroi, surmontée d'un énorme griffon doré, a pour toit un fort amusant entassement de clochetons, de lucarnes et de girouettes. À côté il y a une vieille et noire église, Saint-Nicolas, dont la façade presque romane, est admirable. C'est une grande ogive sévère, flanquée de deux tourelles crénelées du plus grand style. Un peu plus loin, c'est Saint-Michel qui, comme Saint-Nicolas, se présente par l'abside. Deux ou trois autres églises pyramident plus loin encore au milieu des toits taillés en escaliers. En se retournant, c'est Saint-Jacques qui a trois aiguilles dont une en pierre et deux en ardoise. À côté, une belle place à hauts pignons coupés de deux vieux logis de pierre du XIVe siècle, avec tourelles et grands toits. Celui qui est au milieu du petit côté de la place était la maison des comtes de Flandre. Cette place est le marché aux toiles ; et puis il y a une foule d'autres marchés pittoresques, des couvents, de petits carrefours tortus enclos de maisons crénelées qui ont toutes sortes d'attitudes, et brisent leurs lignes les unes sur les autres d'une façon charmante; et puis un toit immense qui couvre une grande nef austère du XIVe siècle, sans tour ni clocher, c'est l'église des dominicains. En ce moment-là, plusieurs moines y entraient avec leur admirable costume, la robe blanche et le scapulaire noir. À mes pieds l'hôtel de ville avec ses deux façades, l'une du temps de Louis XIII, l'autre du temps de Charles VIII, l'une sévère, l'autre ravissante. Ajoute à cela, hors de la ville un immense horizon de prairies et dans la ville une multitude de petits ponts et de cours d'eau où les maisons se baignent; et tu auras quelque idée de Gand à vol d'oiseau.

C'est vraiment une belle ville; quatre rivières s'y rencontrent: l'Escaut, la Liève, la Moer et la Lys. C'est un réseau d'eau vive qui se noue et se dénoue à tout moment à travers les maisons et qui partage la ville en vingt-six îles; ce qui fait qu'avec ses barques, ses innombrables ponts, ses vieilles façades trempées dans l'eau, Gand est une espèce de Venise du Nord.

Précisément au pied de la cathédrale, dans un pâté de lourdes maisons flamandes, mon guide m'a fait remarquer une jolie cour-jardin, coquette, verte et sablée, entourée d'un portique du dernier siècle, tout rocaille et chicorée, avec colonnade et statues de marbre bleu. Cette maison et ce jardin sont de l'aspect le plus frais et le plus gai. C'était le logis de ce vieux millionnaire, Maës, qui a été si misérablement assassiné il y a deux ans et qui remplissait d'or ses vieux chapeaux. Maintenant on bâtit chez lui, on ajoute un étage à sa maison, la joie et la richesse sont là. Je n'ai jamais plaint ce vieux homme.

Il y a beaucoup de façades rocaille à Gand parmi les pignons gothiques, et des plus tourmentées, ce qui les fait passer. Le rococo n'est supportable qu'à la condition d'être extravagant. [...]

Ils ont en Flandre la sotte habitude de fermer toutes les églises à midi. Passé midi on ne prie plus. Le bon Dieu peut s'occuper d'autre chose. Cela fait que des deux églises d'Audenarde je n'ai pu visiter que la moindre qui est encore fort remarquable avec son abside romane. Il y a là deux beaux tombeaux indignement mutilés. J'ai été obligé pour les voir de franchir un bataillon de vieilles femmes, lesquelles lavaient l'église et venaient en bougonnant éponger le pavé jusque sous mes pieds. J'ai eu la satisfaction de faire sortir de leurs bouches diverses imprécations flamandes que j'ai laissées paisiblement voltiger dans l'église.

Ces braves dames flamandes continuent de justifier ce que je t'en disais. Elles consacrent vingt-quatre heures de la journée à laver leur maison et la vingt-cinquième à se laver elles-mêmes. Du reste, elles sont pour la plupart fort jolies, presque toutes blanches avec des cheveux noirs, comme toi, mon Adèle chérie. Le dimanche elles mettent un fort beau bonnet de dentelle d'une forme charmante. À Lierre elles le soutiennent d'une espèce de ruban d'épingles fort singulier et fort joli. Il va sans dire que je ne te parle ici que des paysannes. Les femmes de Bruxelles portent la faille, presque la mantille, ce qui les drape admirablement. [...]

À part cela, j'aime mieux nos églises de France. Décidément celles-ci sont trop propres. La propreté excessive en fait de monuments est un grand défaut. D'abord elle entraîne le badigeonnage, cette suprême saleté, et puis le grattage et puis le lavage perpétuel. Or la couleur des siècles est toujours belle et la poussière du jour l'est quelquefois. L'une est la trace des générations, l'autre est la trace de l'homme. Tout est blanc, luisant, poli, épongé, miroitant dans les églises belges. À chaque pas, l'opposition dure et criarde et prodiguée partout du marbre blanc et du marbre noir. Fort peu de ces belles teintes grises et moisies de nos vieilles cathédrales. Pas de vitraux. Briser les vitraux et badigeonner les églises, souvent aussi jeter bas les jubés, voilà de quoi se compose la dévastation propre aux prêtres. Ils veulent à toute force être vus, pour cela il faut blanchir les vitres, blanchir les murs et renverser les jubés. Ô coquetterie, où vas-tu te nicher ?

Depuis que je suis en Belgique je n'ai vu que deux ou trois jubés, et encore cruellement peinturlurés, deux ou trois verrières, deux églises seulement non badigeonnées, Sainte-Waudru de Mons et la Chapelle de Bruxelles.

En Belgique point de ces beaux portails encombrés d'admirables statues, comme à Chartres, comme à Reims, comme à Amiens. Les portails des plus belles cathédrales n'ont pas une seule figure sculptée. C'est étrange. Il est vrai qu'une flèche comme celle d'Anvers rachète bien des choses. Quelle magnifique œuvre ! C'est de l'orfèvrerie autant que de l'architecture. Et je fais cas d'une orfèvrerie qui a cinq cents pieds de haut.

Courtrai – 27 août, 7 heures du soir.

Hier j'étais à Tournai, je suis parti, j'ai traversé Courtrai, j'ai vu Menin, j'ai visité Ypres et je reviens à Courtrai. Tu le vois, chère amie, je vais et je viens, je ne veux laisser échapper aucune de ces vieilles villes. Partout où il y a une cathédrale, un hôtel de ville ou un Rubens, j'accours. Cela me fait faire des zigzags sans fin. Mon voyage dessine à travers la Belgique une extravagante arabesque. C'est que, dans ce pays-ci, de six lieues en six lieues il y a une ville comme on en trouve en France toutes les soixante lieues. [...]

Je dessine, je rêve et j'étudie, laissant parler les Belges autour de moi. J'admire comme ils parlent flamand en français. Ils ont un *n'est-ce pas ?* qu'ils mettent à toute sauce. Les femmes disent ce *n'est-ce pas ?* avec beaucoup de grâce. Elles sont décidément fort jolies en général. Mais il paraît que les plus belles sont celles de Bruges. Un stupide livre que j'ai acheté et qui s'intitule *le Guide du voyageur en Belgique et en*

Hollande appelle les femmes de Bruges *les Circassiennes de la Belgique*.

On vit assez bien dans les auberges, à la bière près. Pourtant ils ont la rage de mettre du sucre et de la farine dans tout. Vous demandez une omelette, résignez-vous à du flan.

À Tournai, comme à Bruxelles, comme à Anvers, comme à Gand, les modes de Paris, les marchandises de Paris, et même, on dirait, les marchands de Paris s'étalent dans les boutiques qui, là aussi, s'appellent *magasins*. Je me promenais le soir dans les rues, croyant avoir devant les yeux les étincelantes devantures des boulevards parisiens. [...]

C'est bien la peine d'être une maison du XVIe siècle pour faire une pareille fin ! commencer par un fronton de la Renaissance et finir par une boutique du Palais-Royal ! être près du ciel un pignon taillé en escalier ou sculpté en volutes et près du ruisseau un magasin de guingans et de cotonnades ! ! quelle dégradation ! comment a pu aboutir à quelque chose de si misérable une façade, *formosa superne*[1] ?

1. Allusion à un vers de l'*Art poétique* d'Horace où il est question d'un beau buste de femme qui se terminerait en « queue de poisson ».

Ceci, chère amie, est du latin d'Horace qui échoit naturellement à Charlot[1].

Si ces réflexions se peignaient sur mon visage, elles devaient bien égayer les braves bourgeois brabançons. Car pour le bourgeois de tout pays la boutique blanchie, la grande vitre et le comptoir d'acajou sont un progrès. Passe pour les boutiques, pourvu qu'on n'applique pas ce progrès aux églises. Or, elles ont déjà la vitre blanche, la muraille blanche, j'attends un de ces matins l'autel d'acajou.

Le badigeonnage belge a trois nuances, le gris, le jaune et le blanc. Il est tricolore, comme il convient à un État constitutionnel. Le blanc s'applique aux églises, le gris aux hôtels de ville, le jaune aux maisons de campagne et aux édifices de fantaisie où le Belge vient folâtrer le dimanche. Je voyais tout à l'heure en arrivant à Ypres, à droite de la route, une façon de gros château qui avait l'air d'être taillé dans une motte de beurre. Le propriétaire, un bon Flamand rond, l'admirait du milieu d'une couche de concombres parmi lesquels sa grosse figure s'épanouissait.

Le trajet de Menin à Ypres est fort agréable.

1. Son fils, Charles Hugo, alors âgé de onze ans.

Ce sont partout de ces gracieux petits enclos verts que les peintres flamands aiment tant. Et puis le chemin traverse un bois, et il est bordé çà et là de longues colonnades de ces beaux peupliers d'Italie dont l'écorce vous regarde passer avec de grands yeux. J'ai refait ce trajet au retour avec grand plaisir. Une route revue à l'envers, c'est presque une nouvelle route.

Furnes – 31 août, 7 heures 1 / 2 du soir.

J'arrive d'Ostende. Il n'y a rien à Ostende, pas même des huîtres. C'est-à-dire, il y a la mer, et je suis un ingrat de parler d'Ostende comme je fais. Je suis d'autant plus ingrat que j'ai été à Ostende l'objet de toutes sortes de faveurs spéciales de la part de la mer et de la part du ciel. D'abord, comme j'entrais à Ostende, il avait plu toute la matinée, la pluie a brusquement cessé, les nuages se sont envolés, le soleil s'est mis à sécher la grève en diligence, et j'ai pu me promener deux bonnes heures au bord de la mer à la marée descendante. Hélas! pas un pauvre coquillage, mon Toto[1]! Rien que le sable le plus

1. François-Victor Hugo, alors âgé de neuf ans.

doux et le plus fin du monde. Je suis charmé d'avoir vu les dunes. C'est moins beau que les granits de Bretagne et que les falaises de Normandie, mais c'est fort beau encore. La mer ici n'est plus furieuse, elle est triste. C'est une autre espèce de grandeur. Le soir, les dunes font à l'horizon une silhouette tourmentée et pourtant sévère. C'est, à côté des vagues éternellement remuées, une barrière éternelle de vagues immobiles. [...]

Bruges, où j'ai passé un jour avant d'arriver à Ostende, est une superbe ville, moitié allemande, moitié espagnole. On l'appelle *Bruges* à cause de ses ponts (*Brug*, en flamand) comme on appelle la ville de ton père *Nantes* à cause de ses cours d'eau (les cent bras de la Loire), *nant* en celte. [...]

Les gens de Bruges sont en train de fort malmener leur clocher, qui est un obélisque de brique du XIVe siècle, du plus grand style par conséquent. Ils ont déjà coupé la pointe qu'ils ont remplacée par un hideux petit toit, rond, plat et bête. Suppose un pape à qui l'on a ôté sa tiare pour lui mettre une casquette. Voilà le clocher de Bruges maintenant. En revanche, la tour du beffroi est complète. Elle est du même temps, et admirable, mi-partie en brique et en pierre. La brique a parfois des tons rouillés qui sont magnifiques. Ils en tirent grand parti en Flandre. Ils font en brique jusqu'à des coquilles, jusqu'à des meneaux d'une délicatesse parfaite. Il faut convenir que les Flamands tripotent mieux la brique que les Bretons ne tripotent le granit. Je veux toujours parler des vieux architectes, car à présent on ne tire parti de rien ; en brique comme en granit on ne fait que des sottises. Il y a aussi à Bruges force belles maisons à pignons ; mais toujours hideusement badigeonnées. Il en est de même de l'intérieur des églises ; tout y est blanc dur et noir cru, le tout pour la jubilation des curés, sacristains et vicaires. Il y a longtemps que je l'ai dit, le premier ennemi des églises, c'est le prêtre.

1er septembre, 9 heures du matin.

Je me dépêche d'achever ma lettre. C'est aujourd'hui que je rentre en France, je serai à Dunkerque, j'aurai tes lettres. Ce sera une vive joie, car j'espère que vous êtes tous bien portants et heureux.

C'est aussi aujourd'hui que je verrai ce qui adviendra du petit volume contrefait que j'emporte traîtreusement dans mon porte-feuille[1]. Je t'informerai de l'aventure.

Je t'ai peu parlé de la contrefaçon, parce que c'est ennuyeux, mais ce n'en est pas moins déplorable. Seulement en regardant aux vitres des boutiques, j'ai compté cinq contrefaçons différentes des *Voix intérieures* ; une en grand in-8°, sur deux colonnes, deux in-18, l'une publiée par Méline, l'autre par la société dite *pour la propagation des bons livres*, deux in-32, dont l'édition de Laurent que j'emporte. Au demeurant, Bruxelles est bien la ville de la contrefaçon. Il y a des *gamins* comme à Paris ; le fronton grec de sa Chambre des États ressemble au fronton grec de notre Chambre des députés ; le ruban amarante de Léopold est une contrefaçon de la Légion d'honneur ; les deux tours carrées de Sainte-Gudule, belles d'ailleurs, ont un faux air de Notre-Dame. Enfin, par un malencontreux hasard, la petite rivière qui passe à Bruxelles, s'appelle, pas tout à fait la Seine, mais *la Senne*.

1. Hugo venait d'acheter pour trente sous une contrefaçon des *Voix intérieures*.

5 heures du soir. 1er septembre, Dunkerque.

J'ai passé dix-sept jours en Belgique. En dix-sept jours j'ai vu, et fouillé, je crois, assez profondément, le Hainaut, le Brabant, les deux Flandres. J'ai fait une petite excursion dans la Campine. À classer les villes selon l'art, j'en ai vu cinq du second ordre, Mons, Lierre, Audenarde, Courtrai, Tournai, et par-dessus toutes Anvers, ce magnifique groupe d'édifices qui, vu géométralement, a la forme d'un arc tendu dont l'Escaut serait la corde, Anvers, ce pistolet que Napoléon voulait tenir toujours chargé sur le cœur de l'Angleterre, Anvers, cette noble capitale de l'art flamand qui peut dire : Ici sont les os de Pierre Paul Rubens, sénateur de cette ville.

LE RHIN
1842

LETTRE VI

Où il n'y a pas d'églises, je regarde les enseignes. Pour qui sait visiter une ville, les enseignes des boutiques ont un grand sens. Indépendamment des professions dominantes et des industries locales qui s'y révèlent tout d'abord, les locutions spéciales y abondent, et les noms de la bourgeoisie, presque aussi importants à étudier que les noms de la noblesse, y apparaissent dans leur forme la plus naïve et sous leur aspect le mieux éclairé.

Voici trois noms pris à peu près au hasard sur les devantures de boutiques à Namur ; tous trois ont une signification. *L'épouse Debarsy, négociante.* On sent, en lisant ceci, qu'on est dans un pays français hier, étranger aujourd'hui, français demain, où la langue s'altère et se dénature insensiblement, s'écroule par les bords et prend, sous des expressions françaises, de gauches tournures allemandes. Ces trois mots sont encore français, la phrase ne l'est déjà plus. *Crucifix-Piret, mercier.* Ceci est bien de la catholique Flandre. Nom, prénom ou surnom, *Crucifix* serait introuvable dans toute la France voltairienne. *Menendez-Wodon, horloger.* Un nom castillan et un nom flamand soudés par un trait d'union. N'est-ce pas là toute la domination de l'Espagne sur les Pays-Bas, écrite, attestée et racontée dans un nom propre ? Ainsi voilà trois noms dont chacun exprime et résume un des grands aspects du pays ; l'un dit la langue, l'autre la religion, l'autre l'histoire.

Observons encore tout de suite que sur les enseignes de Dinant, de Namur et de Liège, ce nom *Demeuse* est très fréquemment répété. Aux environs de Paris et de Rouen, c'est *Desenne* et *Deseine*.

Pour finir par une observation de pure fantaisie, j'ai encore remarqué dans un faubourg de Namur un certain *Janus, boulanger*, qui m'a rappelé que j'avais noté à Paris, à l'entrée du faubourg Saint-Denis, *Néron, confiseur*, et à Arles, sur le fronton même d'un temple romain en ruine, *Marius, coiffeur*.

Liège est une de ces vieilles villes qui sont en train de devenir villes neuves – transformation déplorable, mais fatale ! –, une de ces villes où partout les antiques devantures peintes et ciselées s'écaillent et tombent et laissent voir en leur lieu des façades blanches enrichies de statues de plâtre ; où les bons vieux grands toits d'ardoise chargés de lucarnes, de carillons, de clochetons ou de girouettes, s'effondrent tristement, regardés avec horreur par quelque bourgeois hébété qui lit *le Constitutionnel* sur une terrasse plate pavée en zinc ; où l'octroi, temple grec orné d'un douanier, succède à la porte-donjon flanquée de tours et hérissée de pertuisanes ; où le long tuyau rouge des hauts-fourneaux remplace la flèche sonore des églises. Les anciennes villes jetaient du bruit, les villes modernes jettent de la fumée.

Liège n'a plus l'énorme cathédrale des princes-évêques bâtie par l'évêque Notger en l'an 1000, et démolie en 1795 par on ne sait qui ; mais elle a l'usine de M. Cockerill.

Liège n'a plus son couvent de dominicains, sombre cloître d'une si haute renommée, noble édifice d'une si fière architecture ; mais elle a, précisément sur le même emplacement, un théâtre embelli de colonnes à chapiteaux de fonte où l'on jouera l'opéra-comique, et dont Mlle Mars a posé la première pierre.

Liège est encore, au XIXe siècle comme au

XVIe, la ville des armuriers. Elle lutte avec la France pour les armes de guerre, et avec Versailles en particulier pour les armes de luxe. Mais la vieille cité de saint Hubert, jadis église et forteresse, commune ecclésiastique et militaire, ne prie plus et ne se bat plus ; elle vend et achète. C'est aujourd'hui une grosse ruche industrielle. Liège s'est transformée en un riche centre commercial. La vallée de la Meuse lui met un bras en France et l'autre en Hollande, et, grâce à ces deux grands bras, sans cesse elle prend de l'une et reçoit de l'autre.

Tout s'efface dans cette ville, jusqu'à son étymologie. L'antique ruisseau *Legia* s'appelle maintenant le *Ri-de-Coq-Fontaine*.

12 décembre 1851 : dix jours après le coup d'État de Louis Napoléon Bonaparte, Hugo fuit la France pour s'exiler à Bruxelles. Mais la publication de Napoléon-le-Petit *effraie le gouvernement belge. Chassé de son exil, Hugo part pour Jersey avant de gagner Guernesey.*

VICTOR HUGO À SA FEMME

Bruxelles, 13 juillet 1852.

Hier, un incident; députation de proscrits me priant de ne pas quitter Bruxelles. Je réponds : Cela ne dépend pas de moi; on m'expulserait. On me réplique : Attendez qu'on vous expulse. Je leur dis : Mais si nous faisons un éclat de la chose, ce qui peut être un acte politique utile, il y aura solidarité, on vous expulsera peut-être tous. – Eh bien! nous vous suivrons et nous nous reformerons autour de vous à Jersey. Vous parti, la proscription en Belgique est décapitée : le parti, aujourd'hui à Bruxelles, se trouve rejeté à Londres. Vous êtes centre. À Jersey, vous serez seul. Restez-nous jusqu'à ce qu'on vous chasse. Je leur ai dit que j'étais tout à eux et je les ai engagés à réfléchir, car une expulsion générale qui s'ensuivrait froisserait bien des intérêts, surtout les plus pauvres. Ils vont se consulter de nouveau, et ils reviendront.

Mon départ d'ici n'en est pas moins certain (car le ministère Lehon me chassera avec fureur) ; mais, n'étant plus volontaire, il serait retardé de quelques jours.

PENDANT L'EXIL
EN QUITTANT LA BELGIQUE

À Anvers, le 1er août 1852.

Frères proscrits, amis belges,

En répondant à tant de cordiales paroles qui s'adressent à moi, souffrez que je ne parle pas de moi et trouvez bon que je m'oublie. Qu'importe ce qui m'arrive ? J'ai été exilé de France pour avoir combattu le guet-apens de décembre et m'être colleté avec la trahison ; je suis exilé de Belgique pour avoir fait *Napoléon-le-Petit*. Eh bien ! je suis banni deux fois, voilà tout. M. Bonaparte m'a traqué à Paris, il me traque à Bruxelles ; le crime se défend : c'est tout simple. J'ai fait mon devoir, je suis puni ; c'est tout simple. Je continuerai de faire mon devoir, et je continuerai d'être puni ; ce sera encore tout simple. N'en parlons plus. [...]

Je viens d'entendre une voix me crier : Un mot aux amis belges ! Est-ce que vous croyez par hasard que je vais les oublier ? Les oublier dans cet adieu : eux qui nous ont suivis jusqu'ici, eux qui nous entourent à cette heure de leur foule intelligente et cordiale, eux qui blâment si énergiquement les faiblesses de leur gouvernement, les oublier ! jamais ! Petite nation, ils se sont conduits comme un grand peuple. Ils sont accourus au-devant de nous – vous vous en souvenez, bannis ! – quand nous arrivions à leur frontière après le 2 décembre, proscrits, chassés, poursuivis, la sueur au front, l'oreille encore pleine de la rumeur du combat, la glorieuse boue des barricades à nos habits ! ils n'ont pas repoussé notre adversité ; ils n'ont pas eu peur de notre contagion ; gloire à eux ! ils ont fait, grandement et simplement, asseoir à leur foyer cette espèce de pestiférés qu'on appelle les vaincus.

JOURNAL D'ADÈLE HUGO
Octobre 1854

À DÉJEUNER

Présents : M. Meurice, Mme Meurice, M. Téléki, mon père, mes frères, moi, Auguste Vacquerie.

Les États-Unis du monde. Point de départ : configuration géographique de la France par rapport à la Belgique.

Charles

Il est possible que Bonaparte envahisse la Belgique et mette une armée sur le Rhin.

Mon père

Quoique je n'approuve rien de ce que peut faire ce drôle, pourtant, je trouverais bon que la Belgique soit envahie par la France, conquise par elle, et gardée comme faisant partie de la France.

Charles

Mais les Belges ont leur nationalité et

leur droit de patriote ; s'ils veulent rester belges et non devenir francais, ils sont dans leur droit.

Mon père

Non. Ils ne doivent pas se refuser à l'agrandissement de la France, qui porte en elle l'idée, la civilisation, le progrès. Ils ne doivent pas se refuser à la nature, qui a assigné la Belgique dans les limites naturelles de la France. La Belgique est à proprement dire un département français comme l'Alsace, comme la Franche-Comté ; elle n'a pas plus le droit de se refuser à faire partie de la France que la Franche-Comté ou que l'Alsace.

Charles

Mais pourtant, il y a quelque chose qui est au-dessus des lignes géographiques, des dispositions territoriales de la France, c'est l'idée patrie. Les Belges sont belges et sont dans leur droit de ne pas être français.

Mon père

C'est absolument comme si tu disais que la

Franche-Comté et l'Alsace sont dans leur droit en ne faisant pas partie de la France.

Charles

Sans doute, la Franche-Comté et l'Alsace pourraient parfaitement se faire États indépendants ; puis la comparaison même n'est pas absolument juste, car les Belges ont leur langue, leur gouvernement. Les Alsaciens et les Francs-Comtois parlent français.

M. Meurice

Je vous demande pardon, Charles ; les Alsaciens parlent allemand à Strasbourg. La langue usuelle n'est pas le français, c'est l'allemand.

Charles

C'est possible ; n'ayant pas voyagé, j'ignore. Mais dans tous les cas, la Belgique aussi parle belge et a plus de journaux écrits en belge qu'en français.

Mon père

C'est contestable. Les Belges parlent généralement un patois français d'ailleurs. Ce serait rendre service à la Belgique que d'en faire un département français. Qu'est-ce que la Belgique a donné comme hommes ? Qu'ont-ils donné comme écrivains ? comme penseurs ? Ne vaudrait-il pas mieux pour elle qu'elle fît partie d'un grand pays que d'être un petit peuple ?

Charles

Alors, si les grands États absorbent les petits, si la France absorbe la Belgique, pourquoi la Hongrie ne deviendrait-elle pas l'Allemagne ? L'Allemagne aussi pourrait dire : Je suis plus grande que la Hongrie ; la Hongrie doit devenir Allemagne.

Mon père

L'Allemagne n'a pas eu en Europe une influence comparable à celle de la France, ni comme art, ni comme idée, ni comme langue, ni comme action politique, ni comme guerre. Quant à la Hongrie, c'est un grand État qui compte quinze millions d'hommes, n'est-ce pas, Téléki ?

M. Téléki

Oui, à peu près.

Mon père

Le Hongrois parle hongrois, et ne bégaye pas l'allemand.

Charles

Au bout du compte, je trouve que la Hongrie a le droit de rester Hongrie, que la Belgique a celui de rester Belgique, que l'Alsace doit se faire Alsace, la Franche-Comté, Franche-Comté ; ou plutôt, qu'il ne doit plus y avoir ni Hongrie, ni Belgique, ni Allemagne, ni France, ni Alsace, ni Franche-Comté. Il ne doit rester que l'Europe et la Commune.

Mon père

Alors nous retournerons à l'état sauvage.

François

Avec la vapeur, le fil électrique, la presse ?

Mon père

Ne m'interromps pas. C'est l'état sauvage.

Il faut que les petits peuples se fondent dans les grands peuples. Il faut que la Belgique se fonde dans la France, que la France se fonde dans l'Europe, et si la France s'y oppose, nous l'y forcerons comme nous y aurons forcé la Belgique. Il faut qu'à son tour l'Europe se fonde dans le monde, et qu'après avoir vu les États-Unis d'Europe, nous voyions les États-Unis du monde.

Charles

Cela revient à ce que je disais.

Mon père

De l'unité de la France sortira l'unité de l'Europe ; de l'unité de l'Europe sortira l'unité du monde. Les États-Unis du monde auront pour gouvernants les penseurs, les philosophes, les écrivains. Les États-Unis du monde auront pour Assemblée l'Institut. L'avenir est à la science et à l'art.

1861 : Victor Hugo se rend à nouveau en Belgique, notamment sur le champ de bataille de Waterloo, où il termine les Misérables. *Charles et François-Victor, ses fils, décident de rester à Bruxelles avec leur mère. Hugo rentre à Guernesey retrouver Juliette Drouet.*

De 1864 à 1871, Hugo séjourne chaque année en Belgique avec les siens. Adèle et Charles meurent à Bruxelles. En mai 1871, venu régler la succession de Charles, Hugo est expulsé de Belgique pour avoir offert asile aux réfugiés de la Commune.

DEPUIS L'EXIL
L'INCIDENT BELGE

À Monsieur le rédacteur de
l'Indépendance belge

Bruxelles, le 27 mai 1871.

Monsieur,

Je proteste contre la déclaration du gouvernement belge relative aux vaincus de Paris.

Quoi qu'on dise et quoi qu'on fasse, ces vaincus sont des hommes politiques. [...]

[Le gouvernement belge] a tort de refuser l'asile.

La loi lui permet ce refus, le droit le lui défend.

Moi qui vous écris ces lignes, j'ai une maxime : *Pro jure contra legem*.

L'asile est un vieux droit. C'est le droit sacré des malheureux.

Au Moyen Âge, l'église accordait l'asile même aux parricides.

Quant à moi, je déclare ceci :

Cet asile que le gouvernement belge refuse aux vaincus, je l'offre.

Où ? en Belgique.

Je fais à la Belgique cet honneur.

J'offre l'asile à Bruxelles.

J'offre l'asile place des Barricades, n° 4.

Qu'un vaincu de Paris, qu'un homme de la réunion dite Commune, que Paris a fort peu élue et que, pour ma part, je n'ai jamais approuvée, qu'un de ces hommes, fût-il mon ennemi personnel, surtout s'il est mon ennemi personnel, frappe à ma porte, j'ouvre. Il est dans ma maison. Il est inviolable.

Est-ce que, par hasard, je serais un étranger en Belgique ? Je ne le crois pas. Je me sens le frère de tous les hommes et l'hôte de tous les peuples.

Dans tous les cas, un fugitif de la Commune chez moi, ce sera un vaincu chez un proscrit ; le vaincu d'aujourd'hui chez le proscrit d'hier. [...]

La gloire de la Belgique, c'est d'être un asile.

Ne lui ôtons pas cette gloire.

En défendant la France, je défends la Belgique.

Le gouvernement belge sera contre moi, mais le peuple belge sera avec moi.

Dans tous les cas, j'aurai ma conscience.

Recevez, monsieur, l'assurance de mes sentiments distingués.

Victor Hugo

Charles Baudelaire
(1821-1867)

« Très las de la France » où il est incompris, Baudelaire part tenter sa chance en Belgique et arrive à Bruxelles en avril 1864. Il donne au Cercle littéraire et artistique de la ville une série de conférences qui recueille un succès très modeste. Révolté par cet accueil, il décide d'écrire contre la Belgique un pamphlet pour lequel il va prendre une multitude de notes.

PAUVRE BELGIQUE

BRUXELLES
Physionomie de la rue

Premières impressions. On dit que chaque ville, chaque pays a son odeur. Paris, dit-on, sent ou *sentait* le chou aigre. Le Cap sent le mouton. Il y a des îles tropicales qui sentent la rose, le musc ou l'huile de coco. La Russie sent le cuir. Lyon sent le charbon. L'Orient, en général, sent le musc et la charogne. Bruxelles sent le savon noir. Les chambres d'hôtel sentent le savon noir. Les lits sentent le savon noir. Les serviettes sentent le savon noir. Les trottoirs sentent le savon noir. Lavage des façades et des trottoirs, même quand il pleut à flots. Manie nationale, universelle.

Fadeur générale de la vie. Cigares, légumes, fleurs, fruits, cuisine, yeux, cheveux, tout est *fade*, tout est triste, insipide, endormi. La physionomie humaine, vague, sombre, endormie. Horrible peur, de la part du Français, de cette *contagion soporeuse*.

Les chiens seuls sont vivants ; ils sont les nègres de la Belgique.

Bruxelles, beaucoup plus bruyant que Paris ; le pourquoi. Le pavé, irrégulier ; la fragilité et la sonorité des maisons ; l'étroitesse des rues ; l'accent sauvage et immodéré du peuple ; la maladresse universelle : le *sifflement national* (ce que c'est), et les aboiements des chiens.

Peu de trottoirs, ou trottoirs interrompus (conséquence de la liberté individuelle, poussée à l'extrême). Affreux pavé. Pas de vie dans la rue. Beaucoup de balcons, personne aux balcons. Les *espions*[1], signe d'ennui, de curiosité et d'inhospitalité.

Tristesse d'une ville sans fleuve.

Pas d'étalages aux boutiques. La flânerie, si chère aux peuples doués d'imagination, impossible à Bruxelles. Rien à voir, et des chemins impossibles.

Innombrables lorgnons. Le pourquoi. Remarque d'un opticien. Étonnante abondance de bossus.

Le visage belge ou plutôt bruxellois, obscur, informe, blafard ou vineux, bizarre construction des mâchoires, stupidité menaçante.

La démarche des Belges, folle et lourde. Ils marchent en regardant derrière eux, et se cognent sans cesse.

1. Des miroirs inclinés qui servaient à regarder sans être vu.

BRUXELLES
La vie, tabac, cuisine, vins

La question du tabac. Inconvénients de la liberté.

La question de la cuisine. Pas de viandes rôties. Tout est cuit à l'étuvée. Tout est accommodé au beurre rance (par économie ou par goût). Légumes exécrables (soit naturellement, soit par le beurre). Jamais de ragoûts. (Les cuisiniers belges croient qu'une cuisine très assaisonnée est une cuisine pleine de sel.)

La suppression du dessert et de l'entremets est un fait signalétique. Pas de fruits (ceux de Tournai – d'ailleurs sont-ils bons ? – sont exportés en Angleterre). Il faut donc en faire venir de France ou d'Algérie.

Enfin, le pain exécrable, humide, mou, brûlé.

À côté du *fameux mensonge de la liberté belge* et de la *propreté belge*, mettons *le mensonge de la vie à bon marché* en Belgique.

Tout est *quatre fois* plus cher qu'à Paris, où il n'y a de cher que le loyer.

Ici, tout est cher, excepté le loyer.

Vous pouvez, si vous en avez la force, vivre à

la belge. Peinture du régime et de l'hygiène belges.

La question des vins. Le vin, objet de curiosité et de bric-à-brac. Merveilleuses caves, très riches, *toutes semblables*. Vins chers et capiteux. Les Belges *montrent* leurs vins. Ils ne les boivent pas par goût, mais par vanité, et pour faire acte de *conformité*, pour ressembler aux Français.

La Belgique, paradis des commis voyageurs en vins.

Boissons du peuple. Le faro et le genièvre.

Mœurs. Les femmes et l'amour

Pas de *femmes*, pas d'*amour*.

Pourquoi ?

Pas de galanterie chez les hommes, pas de pudeur chez la femme. La pudeur, objet prohibé, ou dont on ne sent pas le besoin. Portrait général de la Flamande, ou du moins de la Brabançonne. (La Wallonne, mise de côté, provisoirement.)

Type général de physionomie, analogue à celui du mouton et du bélier. Le sourire, impossible, à cause de la récalcitrance des muscles et de la structure des dents et des mâchoires.

Le teint, en général, blafard, quelquefois vineux. Les cheveux, jaunes. Les jambes, les gorges, énormes, pleines de suif. Les pieds, horreur !!!

En général, une précocité d'embonpoint monstrueux, un gonflement marécageux, conséquence de l'humidité de l'atmosphère et de la goinfrerie des femmes.

La puanteur des femmes. Anecdotes.

Obscénité des dames belges. Anecdotes de latrines et de coins de rue.

Quant à l'amour, en référer aux ordures des anciens peintres flamands. Amours de sexagénaires. Ce peuple n'a pas changé, et les peintres flamands sont encore vrais.

Ici, il y a des *femelles*. Il n'y a pas de *femmes*.

Prostitution belge, haute et basse prostitution. Contrefaçons de biches françaises à Bruxelles. Prostitution française à Bruxelles.

Extraits du règlement sur la prostitution.

Lettres écrites à sa mère pendant le séjour en Belgique

1864-1866

Mercredi 6 mai 1864.

Bruxelles, hôtel du Grand Miroir, rue de la Montagne.

Voici une note qui a paru sur ma première conférence. On dit ici que c'est un succès énorme. Mais, entre nous, tout va fort mal. Je suis arrivé trop tard. Il y a ici une grande avarice, une lenteur infinie en toutes choses, une masse immense de cervelles vides ; pour tout dire, tous ces gens sont plus bêtes que les Français.

Pas de crédit ; aucun crédit ; ce qui est peut-être très heureux pour moi.

Je donne une nouvelle lecture mercredi prochain.

Les fonds de l'hiver du Cercle étaient épuisés, m'a-t-on dit, et comme le vrai but de mon voyage était de séduire le libraire Lacroix pour lui vendre trois volumes, j'ai accepté le prix de cinquante francs par lecture (au lieu de deux cents ou cent). Malheureusement ce Lacroix était à Paris. Je viens de *solliciter le droit d'en don-*

ner trois autres gratuitement pour l'époque où il reviendra, mais je ne dis mon but à personne.

J'ai fait écrire aux Cercles d'Anvers, de Bruges, de Liège et de Gand, pour les avertir de ma présence ici. Les réponses ne sont pas venues encore. [...]

Mes buts sont :

Tirer de l'argent (le plus possible) par les lectures, et traiter pour trois volumes avec la maison Lacroix.

Et puis, avant tout, finir les ouvrages commencés : *le Spleen de Paris, les Contemporains.*

Tu vois que je serai très occupé. Si je donne des lectures dans les provinces, cela peut, naturellement, prolonger mon séjour jusqu'à la fin de juin.

Samedi 11 juin 1864.

Je crois que mes affaires prennent une tournure à me faire rester un peu plus longtemps que je ne croyais. Je désirais m'en aller le 20 ; mais comme me voilà obligé de gagner ma vie, et que je ne peux pas traverser Paris sans distribuer de l'argent, j'ai imaginé de faire un livre avec mon voyage, divisé en une série de lettres, qui paraîtront sans doute au *Figaro*. Puis je revendrai le livre. Voilà du courage ; mais il faut courir à Anvers, à Gand, à Liège, à Namur, à Audenarde, à Bruges ; il faut voir et questionner ; et si tu savais à quelles brutes j'ai affaire ! [...]

Maintenant, voici le récit de ma triste épopée (triste jusqu'à présent), et tu pourras juger s'il y a de ma faute. Je suis venu ici pour *un libraire*, pour lui offrir trois volumes pour cinq ans, et pour lui demander vingt mille francs ou le plus gros prix possible par édition, en supposant une série d'éditions.

Les cinq conférences n'ont été données que pour lui. Il a reçu cinq invitations, il n'est pas venu.

Les conférences (la dernière a eu lieu le 23), quoique horriblement longues, le double de ce qui se fait généralement, deux heures au lieu d'une, ont eu un si grand succès, qu'on ne se souvient pas d'en avoir vu de pareil. Au commencement, j'avais fait le magnanime ; quand on m'avait parlé des conditions : « *Arrangez cela comme vous voudrez ; je ne sais pas discuter de pareilles questions.* » Voilà ce que j'ai dit. On me répondit vaguement que ce serait cent francs. On me dit qu'on écrirait aux Cercles de Liège, de Gand, d'Anvers et de Bruges. Or, on a tant tardé que la bonne saison est passée. Le 24, un huissier du *Cercle* est venu chez moi avec cent francs (au lieu de cinq cents), plus une lettre, qui, prenant trop bien au mot mon apparent mépris de l'argent, me disait qu'à la fin de la saison les ressources de la caisse étaient épuisées, mais qu'on garderait bon souvenir de moi, et qu'on m'indemniserait l'année prochaine. Ainsi voilà des gens du monde, des avocats, des artistes, des magistrats, des gens en apparence bien élevés, qui commettent un vol positif sur un étranger qui s'est livré à eux.

Que faire ? *pas de traité écrit !* Ici l'improbité ne déshonore personne, c'est de l'habileté. Envoyer l'argent aux pauvres, c'eût été insulter le *Cercle*, et me mettre tout le monde à dos. Enfin, j'avais un affreux besoin d'argent ; donc, le 24 j'ai payé mon hôtel, et il m'a manqué trois sols.

Tu crois peut-être que mes malheurs finissent là. Pas du tout.

Tout d'un coup, le bruit s'est répandu que j'appartenais à la *police française* !!! Ce bruit infâme vient de Paris, il a été lancé par quelqu'un de la bande de V. Hugo, connaissant très bien la bêtise et la crédulité belges. C'est une vengeance à propos d'une lettre que j'ai publiée à Paris, et où je me moquais du fameux banquet shakespearien. Peut-être que tu ne comprends pas. Or, le libraire en question est le libraire de V. Hugo, et je serais porté à croire que, s'il n'est pas venu aux conférences, c'est qu'il a été prévenu contre moi.

Cependant, il faut en finir, et je veux jouer mon va-tout lundi, dans une *lecture* organisée par moi-même, chez un agent de change qui me prête son salon.

Je viens d'écrire une sixième invitation au libraire Lacroix. Je viens aussi d'adresser une invitation au ministre de la maison du roi, chez qui, d'ailleurs, j'ai été convenablement reçu. Je veux du beau monde. Je veux une réparation visible de cette stupide diffamation.

Vendredi 17 juin 1864.

Voici maintenant le récit de la fameuse soirée : quinze personnes invitées par moi, dont cinq sont venues, les meilleures, mais sans influence – et dont deux seulement, le ministre et le directeur de *l'Indépendance belge*, se sont excusées par écrit – quinze personnes invitées par le maître du logis, dont cinq sont venues. Te figures-tu *trois énormes salons*, illuminés de *lustres*, de *candélabres*, décorés de superbes tableaux, une profusion absurde de gâteaux et de vins ; tout cela pour dix à douze personnes *très tristes* ?

Un journaliste penché à côté de moi me dit : « Il y a dans vos œuvres quelque chose de CHRÉTIEN qu'on n'a pas assez remarqué. » À l'autre bout du salon, sur le canapé des agents de change, j'entends un murmure. Ces messieurs disaient : « Il dit que nous sommes des CRÉTINS ! »

Voilà l'intelligence et les mœurs belges.

Voyant que j'ennuyais tout le monde, j'ai interrompu ma lecture, et je me suis mis à boire et à manger, mes cinq amis étaient honteux et consternés, moi seul je riais. [...]

Si je mène bien mon étude sur la Belgique, tu verras des choses fort drôles, que personne n'a osé dire.

31 juillet 1864.

Ma chère mère, je réclame encore un mois de séjour en Belgique, avant de m'installer à Honfleur. J'ai commencé ce maudit livre, il faut le finir. Toutes mes notes sur Bruxelles sont prises ;

cinq chapitres sont rédigés ; mais il faudra courir dans les provinces. Quinze jours me suffiront. Liège, Gand, Namur, Anvers, Malines, *Bruges surtout*, me seront un délassement. J'ai calculé que je ferai ce voyage à bon marché ; cent cinquante francs me suffiront ; les chemins de fer sont chers, mais les distances sont rapprochées ! [...]

Mes *lettres* ne peuvent pas me donner d'argent maintenant, parce que, tout bien considéré et délibéré avec moi-même et avec un Français que j'ai consulté, quand même l'affaire serait conclue, elles ne paraîtront pas *tant que je serai ici*. Ces lettres seront fort humiliantes pour la Belgique, et un homme bien autrement célèbre que moi, M. Proudhon, a été chassé d'ici *à coups de pierres*, pour s'être permis quelques plaisanteries très innocentes dans un journal. [...]

Ah ! si je peux me relever en esprit et en santé, je me vengerai de ce grossier peuple, en attendant que j'aie assez d'autorité pour dire ce que je pense de la France elle-même. [...]

Je suis étonné d'avoir pu faire le peu que j'ai fait (prendre toutes mes notes et rédiger les premiers chapitres, et puis corriger les feuilles d'un livre qui s'imprime à Paris) dans l'état d'esprit et de santé où je suis depuis plus de deux mois ; jamais je n'ai senti tant d'ennui et tant de faiblesse. Trois mois de *diarrhée continue*, coupée de loin en loin par des constipations insupportables, cela n'est pas fait pour affermir l'esprit. Quant aux palpitations et aux angoisses d'estomac, elles ont disparu, je ne sais pas comment. Du reste, il n'y a aucune originalité dans mon fait. Plusieurs Français que j'ai vus ont été pris de cette diarrhée, que j'attribue au climat et à l'usage du *faro*. Tous reviennent bientôt à la bière anglaise ou au vin de France. La carafe de faro coûte deux sols, la bière anglaise trente sols, et le bordeaux trois francs la bouteille.

Quant à moi, mon malheur a persisté, et je n'en ai tiré d'autre bénéfice qu'une extrême sobriété. Quand même je me porterais bien, je ne me mettrais à table qu'avec dégoût, tant cette cuisine est fade et monotone.

8 août 1864.

Croirais-tu que j'ai eu la patience, moi qui ne sais pas un mot d'histoire, et qui, d'ailleurs, en ai horreur, de lire deux mille quatre cents pages d'un livre indigeste pour me mettre un peu au courant de l'histoire de ce vilain peuple ? une triste histoire d'ailleurs.

Depuis le 11 juillet, il y a ici une grande agitation. C'est un spectacle hideux. Les ouvriers de Paris sont des princes à côté des princes de ce pays. Malgré mon dégoût, j'ai assisté à plusieurs réunions électorales. J'ai eu la joie de voir crouler la candidature de M. Lacroix, dans un club où il a été insulté *à la flamande*, c'est tout dire ; pendant trois heures, j'ai eu la basse joie de mêler mes huées à celles de ses adversaires. C'est donc enviable d'être député, c'est donc bien glorieux, puisque l'on consent à avaler de telles couleuvres !

J'espérais quelques coups de fusil dans la rue. Mais c'était là une idée de Français. Ce peuple ne se battrait, je crois, que si le prix du faro ou des pommes de terre augmentait.

Dimanche matin 14.

Tu parles de régime bien à ton aise. Tout est mauvais, excepté le vin. *Le pain* est mauvais. La viande n'est pas mauvaise par elle-même. Elle devient mauvaise par la manière dont elle est cuite. Les gens qui vivent chez eux vivent moins mal. Mais l'hôtel, le restaurant, la taverne à l'anglaise, tout cela est mauvais. Je dois dire du reste que l'état de dégoût où je suis me fait trouver toute chose encore plus mauvaise.

Lundi 22 septembre 1864.

J'ai visité Malines. C'est une singulière petite ville, très dévote, très pittoresque, pleine d'églises, de silence, de gazon, avec une musique perpétuelle de carillons.

Vendredi 3 février 1865.

Je sais bien par moi-même quelle horrible torture c'est que l'ennui. Je me considère ici comme en prison ou en pénitence. J'aspire à sortir de pénitence. Je t'assure que la prison belge est plus dure pour moi que celle d'Honfleur pour toi. Tu es dans une jolie habitation, et tu ne vois *personne*. Moi, je n'ai pas de livres, je suis mal logé, je suis privé d'argent, je ne vois que des gens que je hais, des gens mal élevés, qui ont l'air d'avoir inventé une bêtise spéciale pour eux-mêmes, et, tous les matins, je vais palpitant chez la concierge, pour savoir s'il y a des lettres, si mes amis s'occupent de moi, si mes articles paraissent, s'il y a de l'argent, si la négociation de mes livres est finie – et puis rien, jamais rien. [...]

Je donnerais je ne sais quoi pour trinquer dans un cabaret du Havre ou d'Honfleur avec un matelot, un forçat même, pourvu qu'il ne fût pas belge.

Jeudi 4 mai 1865.

Je suis tombé dans un vrai marasme. Je n'ai plus le courage de travailler au livre sur la Belgique, ni aux *Poèmes en prose*. Quand je vois mettre sur une voiture les malles d'un voyageur, je me dis : Voilà encore un homme heureux ! Il peut s'en aller ! Les deux ou trois Belges que j'ai trouvés longtemps agréables *comparativement*, me sont devenus *insupportables*. [...]

Je crois qu'il me suffira de cinq ou six jours pour faire faire ici quelques chemises et des chaussures. Je partirais donc *au plus tard* dimanche 15, je passerais à Paris la journée du 16 ; je serais à Honfleur le 17 au soir, et je voudrais m'arranger de telle façon que je pusse être de retour à Bruxelles le 21 – pour consacrer les dix derniers jours du mois à *en finir* avec ce pays, où les quelques belles choses qu'il faut avoir vues ne compensent pas l'horreur et le dégoût que me causent les habitants.

Samedi 23 [décembre 1865].

Julien Lemer m'a fait dire qu'il voudrait bien voir le plan et les fragments du livre sur la Belgique. Voilà la Belgique à la mode, par la mort de cette vieille bête de roi, et par une foule de petites circonstances. Je soupçonne que Lemer voudrait le prendre pour lui. Mais en supposant le livre tout à fait fini, huit cents francs (c'est tout ce qu'il pourrait m'offrir) ne peuvent pas me tirer d'affaire, et pour des raisons que tu devines facilement, je ne peux pas laisser imprimer et publier le livre tant que je ne serai pas *hors d'ici*.

21 février 1866.

On dit (et je le crois aujourd'hui) que les autres nations sont encore plus bêtes que la nation française. Alors, il faut retourner vivre en France, malgré la bêtise de ce pays, ou s'en aller dans l'autre monde.

Arthur Rimbaud
(1854-1891)

C'est à seize ans, en octobre 1870, que Rimbaud fugue pour la première fois en Belgique. Il y retourne deux ans plus tard, en juillet 1872, en compagnie de Verlaine. L'année suivante, lors d'un nouveau séjour à Bruxelles, a lieu l'altercation au cours de laquelle Verlaine tire sur Rimbaud, le blessant légèrement à la main.

Bruxelles

Juillet, boulevard du Régent.

Plates-bandes d'amarantes jusqu'à
L'agréable palais de Jupiter.
– Je sais que c'est Toi, qui, dans ces lieux,
Mêles ton Bleu presque de Sahara !

Puis, comme rose et sapin du soleil
Et liane ont ici leurs jeux enclos,
Cage de la petite veuve!...
Quelles
Troupes d'oiseaux! ô iaio, iaio!...

– Calmes maisons, anciennes passions!
Kiosque de la Folle par affection.
Après les fesses des rosiers, balcon
Ombreux et très bas de la Juliette.

– La Juliette, ça rappelle l'Henriette,
Charmante station du chemin de fer,
Au cœur d'un mont, comme au fond
[d'un verger
Où mille diables bleus dansent dans l'air!

Banc vert où chante au paradis d'orage,
Sur la guitare, la blanche Irlandaise.
Puis, de la salle à manger guyanaise,
Bavardage des enfants et des cages.

Fenêtre du duc qui fait que je pense
Au poison des escargots et du buis
Qui dort ici-bas au soleil.

Et puis
C'est trop beau ! trop ! Gardons notre silence.

– Boulevard sans mouvement ni commerce,
Muet, tout drame et toute comédie,
Réunion des scènes infinie,
Je te connais et t'admire en silence.

Joris-Karl Huysmans
(1848-1907)

Août 1876 : craignant la censure, Huysmans décide de publier en Belgique son premier « vrai » roman, Marthe, *l'histoire d'une prostituée. (Crainte inutile, la quasi-totalité de l'édition sera saisie à la douane pour « pornographie ».) À Bruxelles, il attend la sortie de son livre.*

CARNET D'UN VOYAGEUR À BRUXELLES

Musée des Deux-Mondes, 15 décembre 1876

« Quévy, visite de la douane belge ! tout le monde descend ! » Cinq heures du matin sonnent au cadran de la gare. Les portes des wagons s'ouvrent. Aux lueurs hâves du jour, des femmes aux yeux cernés de lilas et de bistre, les joues pâles de sommeil, le dos grelottant sous les plis du châle, descendent et s'engouffrent pêle-mêle dans la salle des visites. Les cadenas et les serrures des malles grincent, les gabelous de Flandre effleurent à peine du bout des doigts le linge tassé sur les chaussettes et les bottes. Au buffet, les femmes avalent un bouillon, les hommes se secouent et allument un cigare, les enfants geignent ; harassés, l'on s'empile dans un nouveau train, et à six heures moins dix minutes, l'on débarque à Bruxelles, gare du Midi.

La grande place de la ville s'éveille. Les lucarnes à volutes s'entrouvrent. L'or des colonnades se ravive, les festons et les rinceaux des fenêtres luisent au soleil qui se joue dans les rideaux cramoisis d'un vannier. Toute la place s'enlève avec ses pignons dentelés, ses statues de pierre, ses faîtes à guillochages, sur l'outremer violi du ciel. Les portes bâillent décloses, les commissionnaires tiennent leurs assises au pied de la maison du Cygne, les chiens attelés aux charrettes tirent la langue et trottent ou se couchent, allongés, le museau entre les deux pattes.

Des fanfares éclatent, des bataillons d'orphéonistes, précédés d'une bannière sur la hampe de laquelle claquettent des colliers de médailles, soufflent à en mourir dans des pistons et dans des bugles ; les galopins courent et crient, les femmes jacassent, les hommes hurlent, au milieu des haquets qui roulent, clamant : « eh ! hop ! » et des diligences qui cheminent cahin-caha, sacrant, jurant, sonnant du fouet, dans ce flux et reflux de foule.

J'ai suivi les musiciens. Nous sommes arrivés dans les quartiers bas de la ville, un lacis de sentes et de rues qui s'enchevêtrent et ne se débrouillent que près des quais aux bois et à la chaux. La Senne, large d'une enjambée, semble un ruban vert jeté au bas d'un ravin de briques roses. Çà et là des barques goudronnées pullulent d'enfants qui sautent sur les passerelles, gravissent de monstrueux bûchers de bois, jouent à cache-cache derrière d'énormes billes de campêche et de santal. La population fermente aux fenêtres pavoisées de linge sale ; une haie de maisons longe le canal, creusées de boutiques où se vendent à l'encan des quartiers de viande, couleur de pourpre, relevée çà et là par l'or pâle des graisses ; plus loin, près d'un sentier où l'on calfate et radoube des barques, une séquelle de masures titube et va tomber dans l'eau ; ce sont des débits de cordages et de gaffes, des estaminets, des fruiteries où l'on vend des endives et des choux rouges, des décrochez-moi-ça où flottent sur des tringles les vareuses écarlates des matelots.

Les braillards ont fait halte dans une brasserie. Les fritures grésillent sur le feu de sarments, le faro pétille dans les verres, une insupportable odeur de schiste répandu, de goudron qui cuit, de bois qui se mouille, de victuailles qui graillonnent, de moules qui bouent et de tabac qui grille, s'élève des maisons. [...]

Je commence à me faire au faro, moins au lambic, pas du tout à la bière de Dielst. Éreinté, fourbu, las d'avoir regardé ces armées de monuments, ces bâtisses en pierre bleue, agrémentées d'espions aux fenêtres, je suis allé m'échouer à la maison des Brasseurs. C'est une salle immense, meublée de chaises et de tables ; les pompes à bière manœuvrent sans relâche, un peuple de femmes engloutit des pintes et dévore, en les trempant de sel, des œufs durs ou mollets dont les coques crient sous les pieds ; les hommes fument éperdument des pipes en terre calcinée ; une petite servante galope au travers des tables, un vieillard claironne en se mouchant, un bébé piaille, le patron surveille le jet des gaz et, à la porte, accroupies sur des marches, des pauvresses vendent aux buveurs qui entrent des anguilles fumées et des crabes.

Les rues sont mal éclairées, le soir ; la place est noire, les avenues désertes, toute la vie de Bruxelles se réfugie sur la place de la Monnaie et dans les galeries Saint-Hubert. Au demeurant, ces longs couloirs coiffés de vitres avec leurs quelques girandoles de lumières, leurs cafés foisonnant d'étrangers et de filles, leurs marchands de tabac de Roisin et de Richemont, leurs officines à journaux, leurs débits d'écume, leurs éventaires de parapluies et de cols, n'a rien qui me charme. On dirait en plus grand de la galerie du Palais-Royal à Paris – et cependant, si l'on ne veut s'enterrer tout vif dans un théâtre, aux écoutes d'une pièce mille fois ressassée dans toutes les banlieues de France, à l'aide de quels philtres, à l'aide de quels dictames opiacés, peut-on parvenir à tuer l'interminable soirée ? Et puis le coucher est attristant, car la chambre se compose d'un plancher, de quatre murs tendus de papier à losanges et à fleurs, d'une porte et d'une croisée à guillotine. Comme objets d'art, le portrait de Léopold Ier, le feu roi, et celui de sa femme, « de sa dame » comme disent les Bruxellois. Sur la cheminée, une glace à cadre noir et à filets d'or et, sur la tablette de marbre, une pelote de velours grenat ou des coquillages ; pour draps des serviettes, un traversin énorme qui occupe la moitié du lit ; vous entrez dans la couchette, tout fuit, et le matin vous vous retrouvez presque nu sur le matelas, le drap roulé sous vous, en corde.

Il a fait ce matin un temps abominable. La pluie n'a cessé de tomber, un navrant crépuscule enveloppe toute la ville. De la boue jusqu'à la cheville, des flaques d'eau sur les trottoirs mal cuirassés d'asphalte. Pas un rai de soleil, pas une trouée bleue dans cette étendue d'un gris morne.

Je me suis réfugié à Sainte-Gudule. Hélas ! des Anglais m'y ont précédé. Ils jabotent tout haut, une lunette en sautoir, un Baedeker en main. Les vitraux qui, la veille, éclataient sous une poussée de lumière, avec leurs pâles princesses agenouillées dans la pourpre et l'or, me semblent assombris et aussi tristes que ce temps horrible. Je vais admirer la chaire sculptée par Verbruggen d'Anvers, mais le suisse, qui s'incline devant l'autel, contrit, et la pointe de sa hallebarde en bas, se relève et, rogue, m'invite à sortir, l'église ne pouvant être visitée pendant les offices.

Et la pluie tombe à torrents! Que faire? où aller sinon dans cet admirable Musée royal où se trouve le tableau de Breughel d'Enfer: *la Chute des anges rebelles*. C'est un étonnant culbutis de monstres: grenouilles s'ouvrant, à deux pattes, un ventre gonflé d'œufs, chauves-souris coiffées de têtes de femmes, papillons poussiéreux et papillons blafards qui se terminent en queue d'artichaut, phoque couronné de perles et dont les pattes s'emmanchent dans des ventres de pastèques, poissons volants, calebasses à figures d'homme, viole d'amour armée de bras en tulipes et de jambes en pinces de homard, groins de porcs jetés sur des corps de cigognes: tout cela grouille, dégringole, tapage, cabriole et hurle sur un panneau de un mètre cinq!

Ah! la journée s'écoule en dépit des rafales et des crevées de pluie! Le soleil qui semblait éteint là-haut, resplendit fulgurant et radieux sur les toiles de Rubens et d'Hobbema! Je passe en revue les Brauwer, les Ostade, les Van Eyck, les Bouts, et je reviens, comme fasciné, devant le joujou de Bruxelles, le non-pareil Jordaens, la magique allégorie de la Fécondité.

Ô l'attirante merveille que cette nymphe accroupie, vue de profil, nue, souriante, se jouant dans la lumière qui caresse sa nuque échevelée d'or, se glisse sur les épaules, suit l'ondulement des reins et se perd dans les jambes qui se replient dans l'ombre !

La prestigieuse beauté que celle de sa compagne qui debout et vue de dos, se découpe, rose et blanche, vis-à-vis d'une déesse vêtue de rouge et tenant en main une grappe de raisin aux bleuissements pourprés ! Que dire de ce groupe superbe, de ces yeux tisonnés, de ces bouches trempées de vermillon, de ces chairs qui frémissent de vie ? Comment dépeindre ce groupe de satyres folâtres et ce vieil ægipan velu, dressant sur ses jambes de bouc un corps ventru d'ivrogne et sa tête joyeuse que chevauche un petit faune dont les cornes pointent ? Une énorme gerbe de frondaisons et de fruits croule sur le dos d'un sylvain accroupi, une avalanche de toutes les gloires de l'automne, depuis les pampres rougis et rouillés jusqu'aux ramures qui s'empourprent et se dorent, jusqu'aux fruits qui éclatent, mûris et crevant de jus !

Et les jours passent et les semaines s'écoulent avec leurs alternances de soleil et de grêle. J'ai épuisé toutes les joies de la ville, j'ai mangé des monceaux de beefsteaks aux pommes, je me suis régalé de menus hachis et de béatilles, j'ai goûté à toutes les bières, blondes, brunes ou noires, voire même à celles de Louvain, douceâtres et troubles, j'ai subi le tutoiement du premier venu ; j'ai, maintes fois, salué le mignon poupin de bronze, le Manneken-Pis, j'ai parcouru des sentes inexplorées comme celle du pays de Liège, qui se tortille, fumeuse et noire, avec son pavé de fumier coulant ; il ne me restait plus qu'à faire ma malle, passer sans encombre à la douane de France et débarquer à cinq heures et demie du soir à Paris, gare du Nord.

DE TOUT
1902

Bruges

En quittant Bruxelles, elle [Bruges] se relève délicieuse et ayant, seule, conservé l'âme catholique des Flandres ; Bruxelles, avec ses boulevards Anspach, ses fontaines phénoménales, ses églises fermées dès midi, ses illuminations furieuses, le soir, serait à fuir si elle n'avait encore sauvé quelques-uns de ses vieux coins, sa Grand-Place, les salles de son musée, Sainte-Gudule, bien inférieure pourtant aux cathédrales de France ; sa nef part, en effet, sur d'énormes piliers, mais ne s'élève pas ; elle est pesante ainsi que le peuple qui l'a bâtie ; elle est taciturne et massive et elle n'accueille point. Elle appartient, du reste, beaucoup moins à Dieu qu'aux horribles sacristes qui l'exploitent ; on s'y promène en payant, et l'on ne prie pas.

À Bruges, au contraire, les églises sont ouvertes et l'on y célèbre des Saluts quand vient la nuit. Je me rappelle la sensation de bien-aise que j'éprouvai, l'an dernier, lorsque j'entrai dans la cathédrale de Saint-Sauveur. L'on se retrouvait chez Notre-Seigneur et chez soi, au milieu de braves gens. La piété flamande n'avait point le côté silencieux et discret de la nôtre ; ces fidèles se bousculaient devant l'autel, s'entassaient tous, au même endroit, sans désir d'isolement, mais, une fois installés, ils priaient bien ; l'un de mes souvenirs les plus exquis de cette ville est un chapelet débité à haute voix dans la chapelle noire de l'hôpital de Saint-Jean ; il y avait là, pressées les unes contre les autres, des femmes agenouillées, vraiment implorantes, et ce chapelet, récité en flamand, prenait dans cette langue une savoureuse ampleur. Il y avait, en même temps, un accent de caresse et de fermeté, une sorte d'affirmation raisonnée dans ces voix qui répondaient, plus lentement et d'une façon plus réfléchie que chez nous, au prêtre ; le côté charmant de la ville s'attestait, le complément de ses canaux, de ses musées, de ses vieilles églises, le côté d'âme du Moyen Âge qu'elle a gardé.

Mais, justement à cause de cela, elle a aussi le diable caché en elle ; et on le sentait, en flânant par les rues ; elle fleurait à quelques endroits le soufre ; l'encens et le soufre, à doses différentes, ce sont les odeurs contradictoires de la sournoise Bruges.

Comme à Lyon, où toutes les hérésies survivent, le satanisme fleurit à Bruges ; et ce vice, elle le porte dans les plis de sa physionomie, pour peu qu'on la dévisage ; elle se prête une allure douce et avenante, oui, mais parcourez-la dans tous ses sens ; au bout d'une heure de marche, vous vous apercevrez que ses rues vous leurrent : vous êtes parti de tel point et vous y voilà revenu ; en somme, vous avez tourné avec elle ; elle est bâtie en ressort de montre, en spirale, et constamment elle vous ramène là où elle peut se faire valoir, à ses musées, à ses églises ; elle est cachottière, telle qu'une dévote ; cependant, si l'on y songe, il serait inéquitable de trop lui reprocher sa double face, car elle subit la loi commune, les extrêmes s'avoisinent et toujours, là où le Seigneur est maître, Satan se glisse.

En dépit de ces manigances infernales qui n'existent précisément qu'en raison du bon aloi de sa piété et en sont, du reste, la preuve, Bruges est, ainsi que je l'ai dit, un havre pour les catholiques que l'impiété de Bruxelles attriste. [...]

L'on peut dire qu'elle est à la fois mystique et démoniaque, puérile et grave. Mystique par sa réelle piété, par ses musées uniques au point de vue de l'art, par ses nombreux couvents et par son béguinage ; démoniaque, par sa confrérie secrète de possédés ; puérile, par son goût pour les insupportables verroteries des carillons – et grave, par l'allure même de ses canaux et de ses places, de ses beffrois et de ses rues.

Mais ce qui domine, en somme, c'est la note mystique ; et elle est une ville délicieuse parce qu'elle est dénuée de commerce et que, par conséquent, ses chapelles sont vivantes et que ses rues sont mortes.

Jules Vallès
(1832-1885)

Membre de la Commune, qu'il a défendue dans son journal, le Cri du peuple, *Vallès est poursuivi à la chute de l'insurrection. Il s'enfuit en Belgique où il arrive le 25 septembre 1871, mais, rangé au nombre des étrangers indésirables, il doit se réfugier à Londres. Il revient s'installer à Bruxelles en août 1879.*

LETTRE DE BELGIQUE

La Vie moderne, 25 octobre 1879

Je n'ai pu me défendre d'émotion en mettant le pied sur cette terre belge. Elle fut, il y a huit ans, le chemin de salut d'un vaincu.

Le ciel était si bleu et les arbres si verts, avec des taches de bronze et d'or! L'automne avait déjà mordu des feuilles qui tombaient. C'était en septembre, comme aujourd'hui, et c'était aussi la date de l'anniversaire de l'indépendance nationale. On entendait le tambour, mais le porte-baguettes avait un bouquet à la boutonnière. Celui qui fuyait avait encore les oreilles pleines du bruit des tambours qui n'avaient fait que battre à la mort.

Ce village en fête s'appelait Marquenoise ; la ville d'où s'était échappé ce proscrit s'appelait Paris. Il était arrivé jusqu'à trois heures de la frontière, et, dans une voiture de vannier, il avait coupé à travers bois.

Ils étaient si profonds et si frais que le souci de mourir avait fait place à la joie de vivre et d'entendre le doux silence de la nature après avoir si longtemps entendu le canon. Un buisson portait là-bas, derrière les arbres, une rose comme une cocarde rouge. Pour y arriver, il fallait perdre trois minutes : il les perdit. Un moment après, deux poteaux étendaient leurs bras en croix.

« Vous êtes en Belgique ! » cria le guide.

Le proscrit jeta sur la terre de France un regard douloureux ; mais devant lui, c'était la liberté, la vie ! C'était aussi la nature superbe en sa mélancolie, le soleil couvrait de sa coiffe du soir aux longs rubans mauves et couleur de feu la terre qui sentait bon. C'est cette terre que j'ai foulée de nouveau l'autre soir, et voilà pourquoi j'étais ému. Je retrouvais là le drapeau qui flottait au-dessus de l'auberge de Marquenoise où les Belges buvaient en l'honneur de leur liberté. L'homme qui, comme celui qui écrit ces lignes, n'a pas vu la France depuis longtemps, cet homme-là, arrivant de Londres et tombant aux galeries Saint-Hubert, croit reconnaître un coin de Paris.

C'est d'abord l'idiome natal entendu et parlé. On ne se figure pas quelle souffrance c'est pour un Parisien de vivre, pendant des années, l'oreille morte à tout ce qui rappelle la patrie. Celui-là même qui sait la langue du pays où il est exilé ne trouve jamais dans la conversation indifférente de l'étranger une consolation à sa tristesse. On échange des mots et non pas des idées ; il y a le son, il n'y a pas *l'accent* ; les phrases sortent du gosier, et ne viennent pas de l'âme. On est de race différente, et cela se sent, et cela crève les yeux, et crève aussi tant soit peu le cœur ! Quand j'ai causé deux heures avec un Anglais, j'aime davantage la France et je vais m'enfermer chez moi pour y songer !

Ici, j'ai, comme un enfant dans une foire, qui ouvre tout grands ses yeux et ses oreilles pour tout entendre et tout voir d'un coup, j'ai planté ma chaise de café sur la chaussée, et me suis régalé d'un tapage et d'un spectacle qui ressemblaient aux spectacles et aux tapages de France!

Les Parisiens peuvent en rire, et se moquer de qui compare Bruxelles à leur ville sacrée. Mais qu'ils comprennent bien que mon cri de joie est encore un éloge, et mon geste de revenant un salut, adressés à Paris!

Ici, comme au boulevard de la Madeleine, au Quartier latin ou à Montmartre, la femme règne. Ce serait assez pour me rappeler la France.

En Angleterre, la femme est une prisonnière. La pudeur anglaise lui impose de rester au logis avec ses enfants quand elle est mère de famille. Jeune fille, elle pouvait sortir, aller, courir, *flirter* à son aise, elle pouvait même se cacher dans les coins avec son fiancé; mais elle ne pouvait retrousser sa robe quand il pleuvait ni échancrer son corsage et montrer le haut de sa gorge, quand il faisait chaud. Elle ne pouvait s'asseoir gracieuse et gaie à la table verte d'un café, puisqu'il n'y a pas de cafés en Angleterre. Les demoiselles marchent comme des garçons à Londres. Les mamans marchent comme des pions. La femme de trente à quarante ans, ce produit superbe de France, cette pêche si bonne à mordre, elle n'existe pas ; on ne peut la cueillir ni la voir sur les bords de la Tamise.

Je l'ai retrouvée à Bruxelles ! Cela vous fait l'effet du débarquement après des mois passés sur l'Océan ! Les matelots ont reçu leur argent. *La salamandre a touché la paie* : les écus vont sauter, on va s'embrasser comme on s'embrasse dans les orgies. De même, les souvenirs de ces femmes qui ressemblent à celles qu'on aima ou qu'on désira entre Montparnasse et Belleville.

D'ailleurs, parmi celles qui passent l'œil brillant, la bouche rieuse, appétissantes et fraîches, ne regardant pas comme un crime de vous avoir frôlé et ne se fâchant pas de ce qu'on se presse un peu contre elles, plus d'une parmi celles-là est une Parisienne, venue comme touriste ou comme actrice, et les comédiennes, même les petites, sont souvent distinguées comme les grandes dames. Ce n'est pas pour rien qu'on a fait la révolution, et tout se déplace et se bouleverse.

Bruxelles est donc sillonné de robes qui sentent la bonne faiseuse de Paris, et moulent des poitrines que les viveurs ont lorgnées du fond des avant-scènes de la Renaissance ou des Bouffes.

Tous les théâtres de Bruxelles ont pour étoiles des acteurs ou des actrices français, les cafés-concerts même ! J'ai entendu dans un de ces cafés-concerts, l'autre jour, chanter une chanson intitulée *l'Assommoir.* Elle était un peu trop vertueuse pour moi, cette chanson, mais elle donnait à une femme de Paris l'occasion de montrer bien du tact et du talent.

Puis, il règne là-dedans la grande et belle tradition de la politesse française. Pour qui sort de Londres où, quand on lève son chapeau, on passe pour vouloir le tendre ; pour qui a vécu avec ces mépriseurs de cérémonie qui vont droit au but comme des pistons et ne s'arrêtent pas à ces bagatelles de la porte qu'on appelle galanteries, pour l'échappé de cette vie cruelle, tenace et dure qu'on appelle la vie anglaise, c'est une sensation vive comme la vue d'un rond bleu – qui est le ciel –, aperçu par l'homme perdu dans un souterrain noir.

On se salue ! Cela n'empêchera pas de se battre à dix pas demain s'il le faut. Les femmes sourient ! Cela ne les empêche pas non plus de rester vertueuses et même de se moquer tout bas de vous ! Mais j'aime ces trêves et cette ironie. Il est des hommes à qui il ne faut pas faire l'aumône de sa poignée de main, parce qu'ils furent un jour trop vils ou trop brutes ; mais en Angleterre on traite ainsi même celui qu'on estime. Ah ! laissez-moi savourer cette impression de Paris retrouvée à Bruxelles dans le geste des hommes, sur les lèvres des femmes : comme je respirai dans la rue de Marquenoise la fleur que j'avais arrachée à un buisson de France !

À me souvenir ainsi, j'ai oublié les fêtes de l'indépendance.

Elles ont aussi fait revivre dans ma mémoire les jours lointains.

J'ai vu passer, tambour en tête, bannière au centre comme le drapeau au cœur du régiment, j'ai vu passer des *tireurs d'arc* et d'arbalète, des champions de la pêche à la ligne et la Société royale des joueurs de bouchon.

Quelques-uns étaient couverts de ronds d'or et d'argent, et portaient des panaches comme les sauvages.

Ils n'avaient pas l'air de *grands esprits*, cependant ! Mais ils semblaient de braves gens, et ils étaient tout fiers de leur collier de médailles !

Il y avait, à côté de ces médaillés du jeu de l'arc, les décorés du jeu de la guerre, les vieux qui s'étaient battus et avaient en 1830 conquis la liberté.

Je salue toujours ceux qui ont fait le coup de feu sans y être forcés, ceux qui ont marché à la mort, poussés par l'idée de justice ou de patrie.

J'ai salué ces vieux.

J'irai à Waterloo demain, mais j'inscrirai une malédiction sur le registre où l'on parle de Napoléon.

Je vous raconterai mon voyage, si vous voulez !

Stéphane Mallarmé
(1842-1898)

En février 1890, Mallarmé part pour la Belgique donner des conférences sur Villiers de l'Isle-Adam, disparu l'année précédente. Il visite Bruxelles, Anvers, Gand, Liège et Bruges et répète sa conférence six fois en neuf jours, une pratique qui lui permettra, deux ans plus tard, de donner quelques conseils à Verlaine.

À Marie et à Geneviève Mallarmé

Vendredi, 2 heures [14 février 1890]
en route pour Liège, habité par la puce.

Bonjour, dames. Trouvé ta lettre à Gand, chaton. La conférence y a été bonne : un public, ébahi aux premiers mots, et se laissant gagner très loyalement. Je vous regrette, non pour la teneur, que vous connaîtrez, de la conférence, mais parce que vous ignorerez à jamais à quel point je puis hurler. Un trombone. On me complimente surtout de cela. Je ne lis plus que de rares lambeaux du travail primitif, juste une heure et quart. Je vous enverrai des articles. À Anvers, le colonel est sorti, de fureur, aux premiers mots. [...]

Je suis un autre monsieur que moi, très fatigué à des heures, parfois amusé. Les dames belges, vues à travers la glace des voitures, celle de M. Picard, à deux chevaux, toujours mise à ma disposition, notamment, ont la peau attrayante.

QUELQUES RÉACTIONS DE LA PRESSE LOCALE :

Le Journal de Gand

« La conférence fut exécrable. Ce serait un jeu facile de railler l'obscurité voulue d'un langage et de la parodier comme l'ont fait maints confrères bruxellois. Mais à quoi bon ! Il n'y a pas à se dissimuler qu'on n'a guère compris M. Mallarmé, sauf quelques rares auditeurs habitués à ce style tortillé et alambiqué, et même ceux-ci durent convenir que ce n'était point là le style décent pour un conférencier parlant à des gens du monde. Il existe une énorme différence entre un livre qu'on lit à tête reposée et une causerie qu'il faut saisir à la volée, pour ainsi dire. Le poète l'a oublié ; il a eu tort ! Mais sa péroraison dite d'une voix vibrante et avec un bel accent de conviction a heureusement contrasté avec le début, et elle lui valut des applaudissements dont quelques-uns étaient sincères en dépit de l'ironie des autres. »

Le Journal de Liège

« M. Mallarmé n'aurait pas dû oublier que nous ne sommes que de pauvres provinciaux et que notre informe idiome parlé n'a rien de commun avec la langue française revue et corrigée par les poètes symbolistes et décadents. Faisons toutefois une réserve pour la péroraison chaude, vibrante, où, transporté, nous dirions volontiers transfiguré, par le souvenir de son ami perdu, M. Mallarmé s'est mis subitement à exprimer dans des termes aussi éloquents qu'intelligibles, son admiration pour le poète. »

Lettre à Paul Verlaine

Paris, mardi.

Vous partez en Belgique ; voyez-y la *Jeune Belgique*, qui groupe nos amis. Vous connaissez Verhaeren, aussi, et nul doute que vous ne rencontriez Edmond Picard, qui se connaît en poètes.

Mon cher, une seule conférence, lue en n'ayant pas trop l'air, à travers probablement plusieurs cités d'accueil exquis et triomphal depuis le premier pas jusqu'aux adieux. Soyez de préférence amusant, attendu qu'il y a derrière nos camarades un public étendu ; moi j'avais à donner l'absoute, aussi on m'a regardé comme irrigolo.

Tous mes souhaits, Verlaine ; vous allez presser de très bonnes mains.

Vieillement
Stéphane Mallarmé

Paul Verlaine
(1844-1896)

Des séjours de Verlaine en Belgique, on retient surtout ceux de 1872 et 1873 avec Rimbaud, et leur conclusion dramatique à la prison de Mons, où Verlaine passe un an et demi. Un épisode qu'il évoque volontiers vingt ans plus tard, au cours d'un cycle de conférences qui l'amène précisément sur les lieux de sa condamnation.

ONZE JOURS EN BELGIQUE

Le Figaro, 6 mai 1893

Maintenant que tout est ou semble être fini chez nos voisins Wallons et Flamands, en fait de troubles et de commencement de guerre civile, voudra-t-on permettre à un pur artiste, invité à une tournée de conférences dans différentes villes belges, de donner brièvement et comme à vol d'oiseau ses quelques impressions de voyage ?

Mais avant d'entrer dans le vif de mon sujet, qu'on me laisse féliciter ici, dans un journal sage, la sagesse des représentants et des sénateurs belges qui, forcés par un courant irrésistible, en effet, d'opinion, ont cru devoir admettre chez eux le suffrage universel aux seules telles conditions par lesquelles il est susceptible de servir efficacement. Le vote plural par les conditions graduées d'âge éclairé, de fortune indépendante et de capacité intellectuelle me semble parfait, point chimérique, et si nos voisins, même les plus pauvres d'entre eux, s'y tiennent, j'estime fort qu'ils feront bien…

Inutile, n'est-ce pas, de vous raconter mon voyage de Paris à Charleroi où je devais débuter… comme orateur en ces régions. L'assez triste morceau de France, si intéressant qu'il soit à beaucoup de points de vue autres, qu'il faut traverser pour aller jusque-là, m'a par trop rappelé le mot d'Alexandre Ier de Russie, d'après Chateaubriand : « Dieu, que la France est laide ! » C'est vrai que ce tsar n'avait vu que ce coin industriel et richement, mais platement, agricole de notre pays.

Mon arrivée à Charleroi dans une famille exquise ne m'en a pas moins fait ramentevoir de quelques vers écrits par moi… en 1872.

Onze jours en Belgique
Dans l'herbe noire
Les kobolds vont,
Le vent profond
Pleure, on veut croire…

Plutôt des bouges
Que des maisons…
Quels horizons
De forges rouges…

On sent donc quoi ?
Où Charleroi ?

Ô votre haleine,
Sueur humaine,
Cri des métaux !…

Du reste, succès de « bon aloi » mien au théâtre, s'il vous plaît, où ma conférence prit place, devant mille cinq cents personnes, entre un concours d'harmonies des environs et une tombola.

De Charleroi à Bruxelles, la route est courte et peu intéressante, sinon qu'on passe par Waterloo, et son site superbe gâté, selon d'ailleurs la parole d'un connaisseur, lord Wellington, par l'absurde monticule que surmonte un lion auquel ceux de l'Institut n'ont rien à envier… que le grand air.

Bruxelles ! j'y vécus jadis beaucoup trop. Peu au fond de changement depuis vingt et un ans. Un boulevard central assez semblable à notre avenue de l'Opéra, une Bourse luxueusement laide ; en revanche, un babélique palais de Justice, sombre intérieurement, comme sied, mais énorme et emphatique à l'extérieur, avec, tout en l'air, tout en l'air, un dôme trop petit dans l'espèce et trop ou trop peu doré, mais le tout en somme d'un grand effet.

Si cela peut vous intéresser, vous dirai-je que ma quatrième conférence à Bruxelles eut lieu dans une chambre de correctionnelle, l'orateur à la place du greffier, au-dessous du tribunal… absent « pour une fois » au milieu d'environ deux cents avocats, « le jeune barreau » ?

Je ne connaissais pas Gand : belle ville fortement flamande avec deux curiosités principales, sa basilique de Saint-Bavon et ses béguinages. Un béguinage, c'est comme qui dirait une petite ville en forme de cour carrée, aux maisons espagnoles, toutes bâties plus pittoresquement l'une que l'autre, renfermant de dignes dames mi-religieuses, mi-laïques, logées chacune chez soi – possédant une véritable église paroissiale, et des chapelles dédiées un peu à tous les saints et à toutes les saintes du paradis. J'ai beaucoup admiré ces chères et discrètes personnes et j'envie leur bonheur de tout mon cœur…

Anvers, déjà connu de moi, m'a causé une désillusion grande ; on en a démoli les trois quarts pour édifier de stupides maisons stucquées à l'anglaise. Il est vrai qu'on a agrandi le port, mais ce m'est une médiocre, sinon triste consolation… Je ne vous parle pas du musée que vous connaissez certainement et qui est, n'est-ce pas ? de toute beauté.

Ce qui m'a le plus intéressé là-bas, ce sont les enterrements : corbillard où « tant d'or se relève en bosse » qu'on n'y saurait consentir au premier abord, lanternes aux quatre coins comme pour un gala, et sur le cercueil, un drap rouge et or. À la longue, on s'habitue à ces pompes funèbres qui, du moins, symbolisent – un peu prématurément, possible – la gloire éternelle due... pourtant au seul juste devant Dieu !

Liège, que j'avais vue aussi – tenez, le jour même de la chute de M. Thiers en 1873 –, cela ne me rajeunit guère, et Dieu sait quel hourvari dans cette ville toute française (ou croyant l'être !), Liège, elle, n'a pas changé. Du reste, pourquoi l'aurait-elle fait ? N'a-t-elle pas toujours, outre ses monuments, son palais de justice et ses si curieux cloîtres, ses bords admirables de Meuse et son mont-de-piété, qui vaut le voyage ? C'est peut-être, en plein pays wallon, l'échantillon le plus flamand de toute la contrée, y compris Amsterdam lui-même.

Mes huit conférences projetées se trouvant terminées juste à la veille de la mi-carême parisienne, et la mi-carême belge n'éclatant que le dimanche « ensuite », moi qui n'aime plus ces fêtes beaucoup, je résolus d'accomplir un des plus chers (et bien modestes, vous allez voir) vœux de ma pauvre vie, je résolus de passer ce jour… et le suivant à Bruges.

Ô la plaisante ville aux carillons si doux, si berceurs, pour qui sans nul doute furent faits ces vers, dès lors ressuscités pour moi, de Victor Hugo :

J'aime le carillon dans tes cités antiques,
Ô vieux pays gardien de tes mœurs domestiques.

Ô l'aimable cité, dormante et non pas morte, suivant le bien trop pessimiste Rodenbach, ô ses canaux sans navigation, mais non pas sans cygnes, ô le tout petit béguinage, et le tout petit musée de l'hôpital (si amusant de calme et de bonne vétusté) et quels Memling et ô surtout – même après les hautes tours et les maisons bellement bizarres, parfois presque ou tout à fait mystérieuses, même après tout cela –, le musée de dentelles, qu'il faudrait la main d'une belle dame qui serait fée pour oser décrire…

Ce devait être ma dernière impression de Belgique entre mille autres charmantes de la part des choses… et encore plus, s'il est possible, des gens.

Aussi, à une dame d'ici qui me boudait un peu depuis mon retour, pourquoi, mon Dieu ? ne pus-je m'empêcher, vieux fou que je suis encore et déjà, de dire… sur son album :

On fait de la dentelle à Bruges,
Mais on fait risette à Paris.

QUINZE JOURS EN HOLLANDE
1893

J'oublie le nom de la station où opère la douane belge. Quinze minutes d'arrêt pour la visite des bagages. Les voyageurs porteurs d'une simple valise, ce qui est mon cas, n'ont pas besoin de descendre. Un douanier, vieux, rasé, sombre uniforme, monte dans mon coupé et me demande :

« Vous n'avez rien de neuf ?

– ?... »

Sur ma réponse un peu tardive, négative ou plutôt confirmative, le digne homme trace à la craie un de ces signes cabalistiques qui signifient dans ce genre de sténographie, *visité* ou *laisser passer*, ou quelque chose comme ça, évidemment, ô ésotérisme, ô administration... internationaux !

Et je profite du temps qui me reste pour me commander un déjeuner portatif, au buffet. Comme tous les autres, ce buffet, avec cette seule note originale d'un buste très haut placé du roi Léopold II, longue tête chevaline, triste et distinguée, émergeant d'un col de tunique brodé d'or entre des épaulettes de général de division – en quelque chose qui serait aussi bien du chocolat que de la terre vraiment par trop cuite et comme qui dirait rissolée.

Dans les diverses transactions parlées auxquelles il me faut me livrer en vue de la commande et du paiement dudit déjeuner portatif, comme d'ailleurs dans la phrase ci-dessus de ce douanier glabre, je retrouve, après quelque dix-sept ans, le *belge*, je veux dire le langage belge, étrange français, trop, beaucoup trop moqué chez nous seuls, Parisiens, parmi les Français, notons le fait en passant.

D'où, philologues, expliquez-nous un peu d'où viennent, par exemple, ces bizarres ellipses, *viens-tu avec*, ces explétifs, *pour une fois, sais-tu ?* ces sautes de personnes ès verbes, *tournez-vous un peu, mon capitaine, que je te brosse dans le dos*, d'où encore, tant d'et cætera, de locutions dont je suis loin de rire, car de même qu'à mes yeux la Belgique (wallonne) n'est qu'un groupe de départements pris à nous par un tragique traité peut-être indispensable à l'équilibre européen – quel équilibre, hein ? – dès ce 1870 de malheur et depuis ! de même toujours à mes yeux, qui, je crois, ont parfaitement raison ici, le belge ne serait-il pas tout bonnement un français de terroir non sans ses saveurs particulières et ses tours très souvent, pour ne pas dire plus, gentiment naïfs ou joliment narquois ? [...]

Fini de déjeuner : contemplons la Belgique un peu. Je connais pour les avoir parcourues et reparcourues, combien de fois ? je n'en sais rien, ces un peu pauvres presque solitudes du Hainaut. Quelques villages, tuiles et chaux, comme autant d'avant-coureurs des campagnes flamandes de dès après Bruxelles. Mais le train file, file à travers des sites de plus en plus noirs. On voit, non loin, cette fois, on longe la Mine, les chemins s'obscurcissent de mâchefer, et c'est après une heure, environ, Mons !

Mons ! Une ville où j'ai longtemps habité et que je ne connais pas, figurez-vous. Si, dans ma toute petite enfance, j'y ai couché à l'hôtel, en revanche, quelque peu moins jeune, j'y séjournai plus d'un jour et plus d'une nuit, ailleurs qu'à l'hôtel, et n'étant pas malade, point, conséquemment, non plus à l'hôpital. Et cependant je ne connais pas Mons. Arrangez cela !

C'est donc pour la première fois sérieusement que je vois la capitale de cette province-ci. Elle m'apparaît toute rouge plutôt, avec une tour très haute, très ornementée à la voir ainsi de loin, en pierre plutôt bleuâtre la tour, beffroi ou clocher que je vois avant l'entrée en gare, laissant à main gauche des tas énormes, pour ainsi dire fantastiques de charbon. On croirait quelques montagnes noires, disons plutôt des collines, où il y aurait gnomes et kobolds, de ceux-là qui rient ou grimacent dans les grilles de cheminées, ou ronflent à poings fermés dans les tuyaux de poêles d'hiver.

Le conducteur du train français venait de nous quitter en son uniforme terne, noir avec attributs, collet, bandes, galons violets. En sa place un joli jeune homme blond, sanglé en une tunique noire aussi, mais aux boutons de cuivre plats étincelants, au lieu du triste bouton bombé, d'argent, français, coiffé du képi rigide à la visière bordée de cuivre rouge, préside à nos destinées. Charmant, le jeune homme qui répond à mes confidences relatives à telles inquiétudes une fois franchie la frontière belge vers la Hollande, terre où ne fleurit plus le français.

« N'ayez pas nulle crainte, monsieur, ze te recommanderai à le directeur du train là-bas. »

Muni de cette rassurance, je me réinstalle dans mon wagon solitaire – et tant mieux ! – et une heure ne s'est pas écoulée dans le très léger ennui d'aspects plus ou moins banals dans une sorte de gentillesse graduelle (au sortir de tout ce charbon !) que nous sommes en gare (du Midi) de Bruxelles pour une ou deux minutes, après quoi nous faisons tout le tour ou presque de la plaisante capitale brabançonne en vue d'arriver en gare du Nord.

C'est même grâce à quoi il m'est permis de revoir à vol d'oiseau, car Bruxelles dans son ensemble est plutôt dans un creux, cette ville où j'ai, dans mon temps, terriblement, quoiqu'en somme assez peu de mois, vécu, mais quels mois ! Eh bien, c'est gentil, Bruxelles dans son pourtour.

Tuiles, stuc, et plâtre pour les faubourgs, fragments espagnols et quelque gothique perdu dans des nouveautés – plusieurs merveilles anciennes, l'hôtel de ville avec son immensément haut beffroi que surmonte un saint Michel brandissant en forme d'épée un faisceau de paratonnerres (c'est la mode pour les paratonnerres en Belgique d'être ainsi groupés sous forme d'épées brandies en faisceaux), en face de l'hôtel de ville, sur la si jolie place, tout pignons tarabiscotés et dorés, l'admirable Maison du Roi (ne pas confondre avec le palais royal, laide bâtisse) en voie actuellement d'une intelligente réparation. On a bien fait d'ôter de devant cette merveille qu'il masquait, pour le reporter aux sablons, le groupe en bronze d'Egmont et de Horn. Sainte-Gudule, une collégiale d'un gothique pur, un peu lourde sans doute, mais imposante ne fût-ce que par cela même... Quant aux constructions modernes, permettez-moi de n'y point insister. Elles sont ce que sont en tous lieux leurs congénères, utiles, mais mastoc et sans pour ainsi dire d'art. J'en excepte le palais de justice que je devais voir quelques semaines après lors d'un tour en Belgique, monument babélique situé encore sur une hauteur et dont le dôme, doré selon moi insuffisamment, et pas assez large, domine toute la ville et la campagne autour, œuvre folle mais géniale, *rara avis* en ce temps d'unanime médiocratie.

Oui, Bruxelles est une aimable ville, même

vue de cette façon, pour ainsi parler, cursive, et je comprends bien que le poète d'*Isaac Laquedem* y ait fait se ralentir son héros, causer avec des « bourgeois fort dociles » et boire en cette bonne compagnie une ou plusieurs chopes de faro : ce dut lui être une oasis de trop courte paresse dans le vertigineux désert de sa course maudite.

Et nous filons sur Anvers – campagne agricole, plaines immenses, toutes ou presque toutes en prairies, toutes aux vaches et aux moutons, parsemées de clairs villages et d'élégants « châteaux » un peu biscornus mais si amusants tout de même. Puis ça change et c'est la Campine : de la sévérité dans la quasi-stérilité quasiment déjà marine, mais près d'Anvers la verdure reprend, verdure que volontiers j'appellerais militaire, car voici des forts comme à fleur d'herbe avec des lions belgiques de pierre à l'entrée. On rase la ville dont on ne voit guère, avec la haute tour et le dôme moscovite de la « cathédrale », ce mot entre guillemets, car ce n'est pas une cathédrale hiérarchiquement parlant, que des mâts se balançant, vergués ou voilés sur l'Escaut caché par les maisons.

Cette fois, dès le train ébranlé de quelques kilomètres nous approchons de la Hollande sérieusement et un peu plus d'une heure après, voici la douane néerlandaise en personne. Douce et clémente cette douane-ci. Dommage qu'elle ne parle plus du tout français, celle-ci.

CROQUIS DE BELGIQUE
1895

Dès les premières fois que j'allais en Belgique et j'y allais tous les ans à l'époque des vacances, voir une tante paternelle, ce qui me frappait, c'était, d'abord, le très beau paysage, en haut du village de La Chapelle-Frontière, consistant surtout en d'admirables prairies naturelles dans des bois de chênes et de hêtres, aussi des étangs d'eau clapotant, sombres à force d'être clairs, mais si profonds… Puis la douane belge, très exigeante en ce temps-là, m'apparaissait sous la forme un peu terrible (« Avez-vous quelque chose de neuf à déclarer ? C'est de Paris que ça vient ? Ça a-t-il été porté sérieusement ? ») qu'elle ne fait plus que d'affecter de nos jours. Elle me semblait aussi très bien vêtue, cuivres rouges et drap foncé, en comparaison de l'éternel vert et bleu de nos « gabelous ». […]

Quand l'adolescence vint, ce fut la liberté (?) qui me fascinait chez nos voisins. Je lisais dans *l'Indépendance*, *l'Étoile* ou *l'Office de publicité* les débats de la Chambre des représentants ou du sénat, et quand je les comparais au mutisme du Corps législatif et des « gagistes » du

Luxembourg, je ne savais que rougir pour mon pays. J'ai changé beaucoup depuis et je n'admire pas plus le parlement belge que le nôtre, pour si publiques et si bruyantes que soient les discussions de ce dernier au jour d'aujourd'hui. [...]

C'est précisément à la suite d'un séjour dans les Ardennes belges que je me rendis, en août 1868, avec ma mère, veuve depuis deux ans, à Bruxelles, dans l'intention d'y voir Victor Hugo qui, tous les ans, quittait sa maison de Guernesey pour se rendre en villégiature chez son fils Charles. Nous arrivâmes donc, par la petite gare du Luxembourg, dans un des quartiers les plus paisibles de la ville et pour cela exquis, tout proche, en outre, des boulevards qui forment avec ceux de Paris l'antithèse précisément la plus hugolesque qu'on puisse rêver : tout silence, frondaisons sévères, luxe intime et profusion de richesse discrète, si l'on peut risquer ces mots *profusion* et *discrète*, qui pourtant peignent bien la chose, encore que bien, apparemment, contrastant entre eux, eux aussi. [...]

J'ai revu depuis Victor Hugo, souvent et beaucoup. Bruxelles aussi. J'abandonne à regret Victor Hugo et je reviens volontiers à Bruxelles.

Mon Bruxelles est ondoyant et divers. Je l'ai vu sous tant d'aspects que c'en est devenu pour moi, comme on dit, un petit Paris.

Du pittoresque, de jour en jour le cédant, combien à tort ! au goût qu'on appelle moderne et que je déclare éternel parce que c'est LE MAUVAIS GOÛT, qu'en dire, sinon que je le regrette cuisamment, que je le pleure avec des larmes de sang, que je suis indigné de son lâche et lent assassinat, autant que le serait Victor Hugo lui-même, s'il vivait et qu'il vît cela, et que je vénère avec le fanatisme d'un catholique millénaire, comme dirait M. Léon Bloy, ses reliques dont, par bonheur, je ne suis pas le seul dévot tant en Belgique que partout où bat un cœur d'artiste, où brûle un cerveau d'homme de goût.

Depuis les plusieurs lustres écoulés à partir de ce 1868 si mémorable pour moi, la capitale brabançonne a perdu une bonne moitié, au moins, de ces vieilles rues aux enseignes si drôles comme par exemple : *À la cigogne*, *On y couche*. C'est à peine s'il reste par-ci, par-là, quelques bons vieux « coings » où la moule et le café au lait, alternant avec ce bon faro aigre et soûlant, nourrissent et désaltèrent le Marollien habitueux et le touriste vraiment sérieux. Et les bons chiens d'antan, allant tout seuls *livrer* les « couffes » et les « pistolets » tout chauds, dans de petites voitures qu'ils traînaient si adroitement, aux habitants des quartiers riches, et que les plantureuses servantes en robes blanches à pois multicolores, en train de nettoyer les seuils à grands seaux d'eau et à grands coups de croupes en arrière, caressaient et câlinaient par leur nom ; disparus, ou presque ! [...]

En place, il est vrai, des naïves masures et des bâtisses à la bonne franquette, dont pas une ne manquait de son cachet bien à soi, l'œil parisien retrouve, sans enthousiasme par trop patriotique, les maisons de rapport ou, alors, les petits hôtels « romans » que nous connaissons peut-être assez.

Tout ça, c'est bien, c'est très bien, mais par qui a-t-on, du moins en partie, remplacé les chiens d'il y a déjà trop longtemps ? ou par quoi, par quelle machine, quelle électricité ?

Mais il en est des villes comme des gens, qui vous apparaissent à certains jours désagréables ou ennuyeux, si vous êtes à ce moment, comme on dit, mal luné ou que ce soit eux qui le soient. Et Bruxelles, cette ville plutôt cosmopolite, a toutes sortes d'attraits, même imprévus, comme elle a, c'est le cas, en passant, puisque je parle d'« embellissement », toute espèce de désagréments parmi les fades et les banals, par le fait seul des ambiances et des intrusions.

D'ailleurs, tout n'est pas mal dans les modifications apportées à la toilette de la bonne ville. Je vous passe la Bourse et l'hôtel des Postes, pour lesquels je professe une estime silencieuse. Mais n'y aurait-il que le palais de justice, à peine achevé, pour soutenir en quelque façon, ne fût-ce que colossale, en nos jours de mesquinerie prétentieuse, l'art moderne, que je le proclamerais bon et excellent parmi, je crois, toutes les tentatives en pierre, en brique et en fonte de ces temps-ci, et qu'il n'est ni tour Eiffel, ni Halles centrales, ni le Sacré-Cœur, à lui comparables comme grandiose ou comme masse bien masse et bien voulue ainsi. C'est babélique et michelangesque avec du Piranèse… et un peu, peut-être, de folie – de la bonne, ma foi, je le pense bien. Extérieurement c'est un colosse, intérieurement c'est un monstre. Ça veut être immense et ce l'est. Ça veut être terrible comme la Loi, sévère et nu somptueusement, et ce l'est ou c'est tout proche de l'être. Il y a là particulièrement une cour d'assises où, même en dehors de tout état de cause, je ne voudrais pas être condamné à mort, tant c'est noir de marbre, de velours (m'a-t-il paru) et... de jour, tant il me semblerait plus dur d'entendre prononcer la sentence là et non ailleurs.

J'ajouterai, pour mémoire et sous forme de compensation, qu'en février d'il y a deux ans, invité par la Conférence du jeune barreau de Bruxelles, je faisais, non sans succès, sous la coupole d'or du formidable... et redoutable monument, dans une salle, ô que sombre! de chambre correctionnelle, assis à la table du greffier, immédiatement au-dessous du bureau affecté au tribunal... répandu dans la salle parmi une centaine d'avocats, ayant à ma gauche le haut pupitre du ministère public, perdu aussi dans l'auditoire – une conférence à propos d'un livre ou plutôt la lecture des épreuves d'un livre biographique qui a paru depuis, sous le titre de *Mes prisons*.

J'arrête ici ce travail. Charleroi, Liège, Anvers, Gand, Bruges m'appelleraient bien, mais je ne les connais pas assez et je n'y ai pas eu assez le temps de me procurer quelque souvenir pour en parler complètement ou simplement amusamment. Ce sera peut-être pour plus tard. En attendant, lecteur très précieux, tenez-vous en paix et quand viendra la saison des déplacements et villégiatures, allez donc essayer des truites de la Semoy.

LA PRISON NULLE PART

La Revue Blanche, 1er juin 1895

En 1892, dans les derniers jours de mars, étant à Bruxelles, retour de conférences un peu partout en Belgique et sur mon départ pour ce Paris-ci, je reçus de la part des organisateurs de ma tournée une invitation à faire tel jour, à telle heure, une conférence sur les ou plutôt la lecture des épreuves d'un volume de moi intitulé *Mes prisons*, ce, dans la salle de la tantième chambre correctionnelle au palais de justice.

Connaissez-vous le palais de justice de Bruxelles ?

De l'immensité, sauvant de la laideur suprême, une laideur sans pareille ; avec un élan réel vers la hauteur et une sorte, en somme, de grandeur sévère qui fait de ce monument *quelque chose* vraiment. Mais, je le répète, sévère par excellence. Voilà pour l'extérieur, voulu sans borne et réussi comme tel. L'intérieur est plus strictement administratif quant aux corridors, etc., et à leur aménagement ; mais il faut constater et reconnaître qu'ils prennent tout de même du pittoresque et point peu, dans l'apparition, par intervalles on dirait savamment ménagés, de gendarmes véritablement très terribles, en dépit de leur jeunesse, souvent imberbe, et en vertu du bonnet à poils et de la longue capote gris foncé qui les assimilent, dans la pénombre, à de vagues grenadiers de quasi vieilles gardes légendaires. Les salles d'audience sont plus légèrement meublées encore que les nôtres et tirent sur la note noire; sombres les rideaux énormes aux amples verrières; sombre la nuance du bois dont sont construits le siège de la cour et celui du ministère public; sombres les tentures des murailles démesurément hautes. La cour d'assises particulièrement imposante, d'un imposant qui irait jusqu'au lugubre, n'était la majesté de la Loi toujours belle et harmonieuse, là impliquée dans toute sa puissance.

C'est dans une de ces salles que m'introduisit la délégation du jeune barreau de Bruxelles. Installé au-dessous du bureau où siègent les conseillers les jours d'audience, je fis devant plus de cent personnes, la plupart des avocats, parmi qui avaient bien voulu se glisser quelques dames, la lecture dont il a été parlé. (L'intérêt pour moi, le piquant, peut-être de mon audition, consistait en cette circonstance que vingt ans environ auparavant, sinon dans la même salle, puisque le palais actuel n'était pas encore bâti, du moins dans la salle exactement correspondante, comme juridiction, à celle du palais, d'il y a environ vingt ans, j'avais pour deux coups de revolver donnés dans l'ivresse et desquels un seul avait porté, sans gravité, été condamné à deux ans d'emprisonnement.) Mon livre donnait tous détails dont quelques-uns pénibles et durs et tous très francs et des plus nets, sur cette chose ancienne.

J'obtins, dirai-je un beau succès? Oui, en prenant «beau» dans le sens de cordial, de gagné d'avance. Car je suis un lecteur médiocre et un orateur nul, presque aphone. De plus, l'obscurité, à peine dissipée par une lampe belle mais d'une clarté relativement faible, et l'insuffisance absolue d'une vue déplorable dès lors, ne contribuèrent pas peu à ma rien moins que prestigieuse performance. Néanmoins, succès, répéterai-je, et sinon beau littéralement, bon succès. Bon pour moi! jusqu'aux larmes d'attendrissement, jusqu'à un presque évanouissement de joie et de juste orgueil en une telle extraordinaire circonstance ! Jugez donc ! *Mes prisons* ! dans un prétoire d'une ville où vingt ans auparavant… lues et applaudies !

Et c'est vrai, que je pleurais d'attendrissement, de joie et d'orgueil juste dans une circonstance véritablement si extraordinaire !

Et je vous souhaite des matinées comme celle-là une fois dans votre vie !

Octave Mirbeau
(1848-1917)

En 1890, Octave Mirbeau « lance » Maurice Maeterlinck, alors totalement inconnu, dans un article dithyrambique paru dans le Figaro. *Quelques années plus tard, en 1905, équipé d'une voiture, il va accomplir le voyage qui inspire* la 628-E8, *premier « roman automobile ».*

LES ÉCRIVAINS
PROPOS BELGES

Le Figaro, 26 septembre 1890

L'article que j'ai publié, ici même, sur M. Maurice Maeterlinck, m'a valu beaucoup de lettres et aussi beaucoup d'articles dans les petits journaux et les petites revues. Il y en a eu de tous les genres. La vérité m'oblige à dire que ma modeste personne n'y était pour rien, que le grand et mystérieux talent de M. Maeterlinck en faisait tous les frais. Je n'aurais pas imaginé, surtout en ce temps vilain, où la curiosité publique semble courir vers d'autres émotions, que la littérature passionnât encore autant les esprits. Et cette surprise de voir tant de gens, si différents, s'intéresser à un art si haut et si noble, m'a causé une vive joie. Pourtant, quelques-unes de ces lettres et quelques-uns de ces articles n'ont pas été sans me troubler profondément. On m'y reproche, avec une courtoisie amère, qui ne dissimule pas assez, peut-être, l'impatient amour de la réclame dont sont atteints la plupart de nos chers rêveurs et de nos plus admirables résignés, on m'y reproche d'avoir, pour en faire l'éloge, choisi un poète belge, alors qu'il existe en France tant de jeunes, et si merveilleux – dont on ne dit jamais rien.

C'est d'autant plus inconcevable et scandaleux à moi, que j'aurais dû savoir ce que tout le monde sait, ce que *l'Indépendance belge* sait mieux que personne, c'est-à-dire qu'il n'y a pas de poètes en Belgique, qu'il n'y a rien en Belgique, et même que la Belgique n'existe pas. Il paraît que j'ai été dupe de grossiers mirages géographiques, et j'ai pris des ombres mortes, des apparences évanouies pour des réalités vivantes. La Belgique ne trompe plus personne aujourd'hui. La Belgique – cela est prouvé de toutes les manières – n'est qu'une plaisanterie inventée, un jour de festin, par M. Camille Lemonnier : une mauvaise plaisanterie comme on voit. Incorrigible et paroxyste gobeur que je suis, j'ai donc été une fois de plus mystifié et de la bonne façon. Voilà un panneau dans lequel ne donneraient pas M. Jules Lemaître et M. Bérardi. Oh ! comme on a dû se divertir de ma crédulité. Mon cas est humiliant, je l'avoue, et j'avoue que j'en ai ressenti un peu de honte et beaucoup de dépit.

D'autres, moins catégoriques et plus judicieux, et pareillement ironiques – et ce sont des jeunes, encore : les jeunes sont terribles – pensent que la Belgique pourrait exister, à la rigueur, mais qu'elle aurait le plus grand tort de se vanter de sa problématique existence, attendu qu'il n'y a là, vraiment, rien de bien beau. Au dire de ces derniers qui sont de fort savantes gens, les Belges, si tant est qu'ils existent, au sens strictement biologique du mot, ne seraient à proprement parler qu'une variété de singes. Ce n'est pas ce qu'on appelle une nation, c'est tout au plus une espèce zoologique, assez curieuse en soi, totalement dépourvue de conscience et de responsabilité morale, et douée du dangereux instinct de l'imitation. Les Belges imitent ce que nous autres, Français, qui avons tout inventé, faisons ou rêvons de faire. Non seulement ils imitent, mais ils contrefont ; non seulement ils contrefont, mais ils précontrefont. Ils font, si j'ose m'exprimer ainsi, de la contrefaçon préventive. C'est par là que ces animaux – les Belges me pardonnent ce terme scientifique – se montrent réels et redoutables, en tant que singes, et parfaitement irréels et négligeables, en tant qu'hommes.

Aussi, à propos de *la Princesse Maleine*, qu'avais-je besoin de crier au chef-d'œuvre ? Sans doute, *la Princesse Maleine* est un chef-d'œuvre. Mais pourquoi est-elle un chef-d'œuvre, cette fâcheuse *Princesse Maleine*, qui semble au premier abord nous arriver de Belgique, de cette Belgique idéale, qui n'existe probablement pas ? Parce que cinquante jeunes, cent jeunes, tous les jeunes, se disposaient à la concevoir, quand M. Maurice Maeterlinck eut l'étrange audace de la publier. Avec ces façons-là, qui sont façons belges ordinaires, il n'est plus de littérature possible. Et mieux vaudrait vendre des saumures, surtout si des écrivains français, impolitiques ou mal intentionnés, se mettent à soutenir cet insoutenable paradoxe, qu'il existe sur le globe terrestre une Belgique, dans cette Belgique des Belges, et parmi ces Belges, des poètes et des poètes de talent… Où donc avais-je la tête quand me vint cette lubie ?

Donc je ne demanderais pas mieux que de faire amende honorable et, pour rentrer en grâce auprès des jeunes de mon pays, je serais assez décidé à biffer, publiquement, d'un trait de plume – qu'est-ce que cela me coûterait ? – et la Belgique et les Belges. La chose est facile. Mais – telle est la tournure inquiète de mon esprit – j'y ai quelques scrupules. Au fond du révolté que je suis, il y a un réactionnaire timide qui sommeille. Je ne puis pas oublier, tout à fait, ce que j'ai appris autrefois, ce que j'ai vu, ce qui m'a ému, ce qui m'a charmé. Bruxelles, Anvers, Bruges, Liège, Gand, toutes ces merveilles où dort tout un passé de gloire, où rayonne encore l'âme éternelle et protectrice de tant de génies ; les Van Eyck, les Rubens, les Van Dyck, etc., comment admettre que tout cela n'est qu'un rêve ou qu'une blague de M. Camille Lemonnier ? Comment admettre aussi que les Belges, si hospitaliers, si passionnés d'art, les premiers toujours à bravement accueillir nos œuvres libres, à les défendre contre les routines de la critique asservie ou indifférente, les premiers à les arracher de l'ombre, où chez nous, tout conspire, tout s'acharne à les ensevelir, les premiers à les acclamer, à les réaliser, dans leur forme vivante, comment admettre que ces Belges ne sont que des singes, ou qu'ils n'en sont pas ?

Que diraient M. Léon Cladel, M. Émile Bergerat, M. Chabrier, M. Reyer ? Que diraient tous les refusés du théâtre, des librairies, des expositions officielles, tous les pas-de-chance qui ont trouvé là, pour leurs œuvres méprisées de nous, insultées par nous, un asile fraternel et sûr ? Que dirait l'ombre de Villiers, que nous avons laissé mourir de faim, et qui put entrevoir aux dernières années de sa vie, en cette vaine Belgique, où l'on entoura de respect sa douloureuse pauvreté, ce qu'aurait été la gloire due à son exceptionnel génie, par nous méconnu ou nié ? Que dirait M. Stéphane Mallarmé qui, hier encore, faisait entendre son éloquente et si fidèle parole à ces Belges, qui non seulement ne ricanaient pas, mais le comprenaient, ravis de la noblesse de ce haut et rare et exquis esprit, tant de fois raillé par les plaisantins de la chronique, incapables de concevoir qu'il y ait tant d'art dans un cerveau, tant de simplicité dans une âme ? Où donc a-t-on mieux fêté qu'en Belgique les inimitables œuvres de ces êtres de luxe, Huysmans, le fastueux et dégoûté chercheur des au-delà ; Verlaine, le douloureux vagabond de la pitié humaine ; Laforgue, qui sut faire battre dans ses phrases le songe ailé des âmes invisibles et donner aux mots ce murmure et ce frisson des choses que seuls entendent, que seuls sentent les précoces élus de la mort ?

Et si la Belgique, au contraire, était la terre unique où ceux-là d'entre nous, abreuvés d'amertumes, écœurés d'injustices, lassés des luttes stériles et sans espoir, ont eu cette joie si délicieuse et si grave de se savoir enfin compris, de se sentir enfin aimés ? C'est que je me souviens de Villiers, lorsqu'il revint de son dernier voyage en Belgique. Il était tout transfiguré. Lui, connu chez lui de quelques amis et de quelques artistes seulement, il s'étonnait, avec cette outrance naïve qui le rendait si touchant, d'avoir rencontré, là-bas, tant de gens familiers avec son œuvre. Il fallait entendre raconter les incidents de cette promenade triomphale, les honneurs amicaux qui lui avaient été rendus, les marques de déférence qui s'attachaient, partout, à sa pauvre personne, jusqu'alors et si durement sevrée des caresses de la gloire, des douceurs mêmes de la louange. Cela lui avait redonné confiance. Il faisait des projets, des projets qu'il expliquait avec de grands gestes d'enfant. Et ce souvenir, qui fut, dans sa vie toute pleine de rêves avortés, comme une courte halte de bonheur, l'accompagna jusqu'à la mort.

Ces souvenirs du passé, et ces souvenirs d'hier me gênent pour dire tout le mal que pensent de la Belgique et des Belges certains jeunes, affamés de réclame, et qui s'imaginent qu'on les vole quand on parle d'autres écrivains qu'eux. Parler d'un Belge, c'est-à-dire de quelqu'un qui se sert de la même langue qu'eux, dont les livres peuvent s'étaler aux mêmes devantures à côté des leurs, n'est-ce pas une odieuse trahison ? Et puis, quand je n'aurais pour me défendre contre cette tentation, qui ne me tente pas, d'ailleurs, que la reconnaissance intellectuelle que je dois à M. Maurice Maeterlinck, cela suffirait à arrêter ma plume. En citant, l'autre jour, quelques extraits admirables des *Serres chaudes* et de *la Princesse Maleine*, je n'avais pas lu *les Aveugles* qui viennent de paraître récemment. Et ces *Aveugles*, ces merveilleux *Aveugles*, ont encore fortifié mon enthousiasme pour ce jeune poète, qui est véritablement le poète de ce temps, qui m'a révélé le plus de choses de l'âme, et en qui s'incarnent, le plus puissamment, le génie de sentir la douleur humaine, et l'art de la rendre dans son infinie beauté triste et de tendre pitié.

LA 628-E8

Bruxelles
1907

Il y a de quoi s'irriter d'avoir roulé, depuis la frontière, sur d'infâmes pavés, sur d'immenses vagues de pavés, d'avoir traversé le Borinage noir et fumant au soleil, avec des éclats de métaux, et qui, toutes les nuits, incendie la nuit de ses bouillonnements de forge et de ses flammes d'enfer, pour n'aboutir qu'à cette ville si parfaitement inutile, si complètement parodique : Bruxelles. Bruxelles !

Vraiment, il est insupportable, et même un peu humiliant de se sentir dans cette capitale des sociétés de tramways du monde entier, reine de l'industrie des asperges précoces, des endives amères et des raisins de serre sans goût, quand Bruges en dentelles, Liège en acier, Louvain en prières, Gand d'autrefois, avec ses rues si anciennes, ses pignons peints, ses toits coloriés et tout ce que disent les façades de ses églises, tout ce que chuchotent les vieux murs au bord du canal ; quand les formidables quais d'Anvers, Mons où grouillent les gueules farouches, Charleroi et ses montagnes de crassiers que franchissent les petits chemins de fer aériens, Furnes où les processionnaires du Saint-Sang défilent, portant des croix de fer, lourdes comme leurs péchés, quand tout ce pittoresque, tout cet art, tout ce mouvement tragique du travail, tout ce tumulte de la Meuse et de l'Escaut, tout ce silence mortuaire des béguinages, tous ces souvenirs de kermesses et de massacres, ne sont qu'à quelques tours de pneus d'ici.

Et justement Bruxelles !

Enfin j'y suis... Il faut bien que j'y reste, ne fût-ce que pour panser mes côtes meurtries et mes reins brisés par tant de ressauts et de cahots, sur ces routes de supplice...

Après tout, on peut aimer Bruxelles. Il n'y a là rien d'absolument déshonorant.

Je sais des gens, de pauvres gens, des gens comme tout le monde, qui y vivent heureux, du moins qui croient y vivre heureux, et c'est tout un. [...]

On peut ne pas aimer Bruxelles. C'est d'ailleurs le cas de beaucoup de Bruxellois et non des moindres.

Voyez le roi Léopold qui n'y est jamais,

qui multiplie les occasions de n'y jamais rester, qui est partout, en France, en Italie, en Suisse, en Allemagne, en Angleterre, qui est en chemin de fer, en yacht, en automobile, mais jamais en Belgique. [...]

Voyez tous les poètes, tous les écrivains, tous les artistes bruxellois et ixellois qui, dès l'âge le plus tendre, en cohortes serrées, s'empressent de déserter leur capitale, et s'en viennent à Paris, afin, sans doute, d'y apporter un peu de cet accent savoureux qui manque encore à notre littérature, et d'y gagner rapidement cette consécration décorative et lucrative qui manque tant à la leur...

Et comme ils ont raison !

Ils ont raison, car presque tout me paraît ridicule à Bruxelles, me donne et leur donne envie de rire, mais d'un rire terne, d'un rire sans éclats, de ce rire glacial, douloureux qui rend tout à coup si triste, si triste, triste comme son ciel d'hiver, ses boulevards circulaires, les livres de M. Edmond Picard, les poèmes de M. Ivan Gilkin, les couvertures de M. Deman, les meubles de M. Vandevelde. [...]

Au temps de sa splendeur, au temps où les

ducs de Bourgogne y étalaient leur luxe barbare et magnifique, où les infants et les archiducs y commandaient pour le compte de l'Empereur ou du roi d'Espagne, Bruxelles fut la ville éclatante de draps d'or, de velours, de soies, de fourrures, la poétique et amoureuse ville des dentelles, qui sont le luxe le plus joliment féminin, l'art le plus exquisément valet de la sensualité. Ce fut la capitale du bien vivre, du bien boire, où bourgeois cossus, riches marchands, ribaudes étoffées, s'amusaient grassement et cognaient leurs danses titubantes aux murs des rues étroites, où les étrangers les plus opulents se sentaient pauvres et dénués devant tant de somptuosités et tant de ribotes…

De cette vie pittoresque et forcenée il ne demeure pour témoins que la Maison de ville, trop regrattée, trop redorée, Sainte-Gudule au nom joli, mais dont pas une femme ne voudrait pour patronne, le Manneken-Pis, tristement anachronique, et quelques ruelles aux pignons penchés, aux noms sonores de mangeailles.

Maintenant, il n'y a plus que des femmes qui sont presque jolies, presque bien mises, nymphes grassouillettes du Parc, de la Monnaie et de la Cambre, des messieurs presque élégants, qui font l'ornement de Spa, la parure de Blankenberge, et la royale gloire d'Ostende. Il n'y a plus que de faux cigares de La Havane qui, tous, viennent d'Anvers et de Hambourg, et d'affreuses dentelles fausses, d'affreuses dentelles mécaniques, bien que cent maisons de lingerie se disputent – comme jadis cent villes de la Grèce faisaient d'Homère – le piètre honneur d'avoir fourni le trousseau de la princesse Stéphanie.

Et il n'y a plus, à Bruxelles, que des boursiers sans carnet, les fondateurs des XX sans tableaux, les inventeurs du *modern style* sans clients, çà et là, quelques critiques d'art symbolistes, hélas ! sans emploi, quelques poètes aigris de n'avoir pu partir pour ailleurs, mélancoliques laissés-pour-compte de la littérature, de l'art, de la brasserie, et ce qui est pire que tout cela – oh ! comme je comprends mieux tous les jours, cher Baudelaire, ton sarcasme douloureux ! – des Bruxellois.

[...] Ah ! comme ils furent bien inspirés, le jour où ils chassèrent Victor Hugo de chez eux!... Quel bonheur, en quelque sorte providentiel, pour le grand poète, et pour nous! Il y eût sûrement perdu tout son génie; nous, nous eussions perdu toute sa gloire, insuffisamment remplacée par celle de M. Vielé-Griffin.

D'ailleurs, jamais ils n'ont pu garder un exilé de choix. Il leur fallait des proscrits à leur taille, de pauvres petits proscrits de rien du tout... C'est Boulange, Boulange, Boulange, c'est Boulange qu'il leur faut!... Oui, il leur fallait le général Boulanger... Ils l'ont eu... Ils étaient fiers de ses bottes dévernies et de sa plume blanche maculée de la boue du nationalisme... Ils l'entouraient de prévenances, lui envoyaient des fleurs, lui jouaient de la musique de M. Gevaert... Et voilà qu'au bout de très peu de temps, écœuré de la rue Montagne-de-la-Cour, du bois de la Cambre, n'en pouvant plus d'ennui et de dégoût, le pauvre diable finit par se brûler ce qui lui restait de cervelle... Celui-là aussi!... Alors qui?

Je ne crois pas qu'il existe, aujourd'hui, dans n'importe quel pays, à Aurillac et au Puy, pas même à Briançon, de caissiers assez dépourvus pour prendre leur retraite à

Bruxelles. À preuve cette confidence, émouvante et douloureuse, que me fit, un soir, un honorable préposé à la caisse d'un grand établissement de crédit français :

– Plusieurs fois, monsieur, m'avoua ce sage, j'ai songé à me sauver avec la caisse... Que voulez-vous ?... J'ai trop de famille, et pas assez d'appointements... Je n'arrive pas... je n'arrive pas à nouer les deux bouts... Ah ! cela m'était bien facile, je vous assure... Du samedi soir au lundi matin... j'avais tout le temps, vous comprenez !... Mais je me suis dit : « Il va falloir vivre à Bruxelles désormais... Ma foi, non... J'aime mieux rester honnête homme. »

Et il soupira profondément... [...]

Car si toute la Belgique est merveilleusement flamande, Bruxelles n'est que belge, irréparablement belge. Nulle part ailleurs, on ne rencontre plus d'effigies en pierre, en marbre, en bronze, en saindoux, en pain d'épice, de ce lion qui n'est ni héraldique, ni zoologique, de ce lion qui n'est pas méchant, qui n'est pas un lion, pas même un caniche, qui ressemble si fort au lion des grands magasins du Louvre, et à qui est réservé, sans doute, le destin léopoldien de devenir, un jour, l'enseigne des grands magasins du Congo.

« L'union fait la force », répète partout l'inscription bilingue. C'est l'union de toutes les imitations qui fait la force de leur comique.

Cependant Bruxelles ne semble se douter de rien de tout cela, ni de cette drôlerie éparse, obsédante, ni de ce que fut le Bruxelles d'autrefois. Et cette espèce de toute petite grande ville a l'air encore assez satisfait de n'être que le Bruxelles d'aujourd'hui, et se trouve – c'est le plus comique – à son avantage.

S'il est un Bruxelles charmant, et dont on puisse s'éprendre – après tout, pourquoi pas ? –, je suis bien sûr, au moins, que c'est un Bruxelles qu'on ne voit point. Le voyageur, qui passe quelque part, ne voit jamais que ce qui se voit. Les âmes cachées dans les villes, comme les fleurs qui se cachent dans les prairies, sont toujours les plus jolies. Ah ! je voudrais bien voir ce qui se cache à Bruxelles…

Cherchons toujours…

Leurs théâtres, sauf le théâtre du Parc, qui est tout à fait français, c'est presque la Comédie-Française, presque l'Opéra, presque les Nouveautés, presque l'Olympia, mais avec l'accent. Or, cet accent est triste et comique, à la façon d'un air faux.

Non seulement les ingénues, les grandes coquettes, les jeunes premières, les vieilles dernières, les amoureux, les pères nobles, les chanteuses, les choristes, les souffleurs, régisseurs, décorateurs, les gymnastes, les montreurs de phoques et les écuyères, ont cet accent sans accent qui fait rire et qui fait pleurer aussi, mais – chose fantastique – les danseuses également, les danseuses surtout qui, ne pouvant mettre l'accent dans leur bouche, l'introduisent dans leurs jambes, dans leurs bras, dans leurs sourires, dans leurs exercices de désarticulation, dans toutes leurs poses, jusque dans le frémissement aérien des tutus envolés.

Au cabaret

Nous fûmes, un soir, dans un de ces cabarets à bonne chère de la rue Chair-et-Pain ou de la rue des Harengs, les hôtes d'une bande de Bruxellois...

Ai-je besoin de dire que ce sont d'excellents garçons, et qu'ils ont le cœur sur la main ? Après tout, ce n'est point de leur faute, s'ils sont de Bruxelles... D'une amabilité bruyante, quasi marseillaise, mais sans le pittoresque, sans la grâce piquante, fleurie, de Marseille, ils s'intitulent les Parisiens de Bruxelles, ou les Bruxellois de Paris... je ne sais plus au juste.

Ce soir-là, nous étions las, moi particulièrement, j'étais las de musées et las de galeries, las de la plus belle peinture, même las de la peinture flamande et des plus purs Hollandais... Je ne pouvais plus entendre, sans devenir aussitôt neurasthénique et chromophage, les noms vénérés de Van Eyck, de Jordaens, de Rubens, de Bouts. Volontiers, j'eusse donné, sinon un Vermeer de Delft – j'ai horreur de l'exagération –, mais peut-être quatre Memling, et sûrement l'œuvre entier de Wiertz, de Gallait, de Leys, de Van Beers, de Jef Lambeaux, des deux Stevens et de Rops, et encore celui de Henri De Groux ajouté à celui de Knopff, et bien d'autres avec, ah ! je vous le jure, sans compter, bien entendu, les lanternes japonaises de M. Théo Van Rysselberghe, pour manger tranquillement, et que je n'entendisse pas parler d'art, et pas parler de Paris... de Paris, surtout... de Paris... Mais les Bruxellois, quand ils se mettent en frais, et pour bien étaler leur culture, et pour bien montrer qu'ils sont de Bruxelles, n'ont que deux sujets de conversation : l'art et Paris... Paris et l'art...

Par malheur, ce soir-là, nos hôtes étaient particulièrement amateurs d'art, et amateurs de Paris, et particulièrement prolixes. Au bout de cinq minutes, à peine avions-nous touché aux hors-d'œuvre – comment s'y prirent-ils ? –, ils avaient fini par me dégoûter de leur musée, qui est un admirable musée de province, par me dégoûter de tous les musées, aussi bien ceux de Dresde et de Berlin que de La Haye, de Madrid et de Florence... Quant à Paris, chaque fois que ce nom sortait de leur bouche, l'effet en était tel que je me mettais à aboyer douloureusement, comme un chien devant qui l'on joue du piano... Faut-il tout avouer ? Ils avaient fini par me dégoûter de leur cuisine merveilleuse...

Ils énuméraient, comme un vieux soldat ses campagnes, les premières parisiennes où ils avaient été, où ils iraient, revenaient des vernissages, des grandes ventes, du Salon des indépendants, retourneraient à d'autres salons, d'autres vernissages, d'autres grandes ventes, au Grand Prix, aux dernières premières de la saison, au Salon d'automne, chez Bernheim, chez Vollard, chez Moline, chez Durand-Ruel... J'avais honte d'ignorer jusqu'aux neuf dixièmes des Parisiens illustres qu'ils tutoyaient, et plus des quatre-vingt-dix-neuf centièmes des auteurs dont ils citaient, par cœur, des pages entières, en prose libre et en vers libérés...

J'aurais bien voulu m'en aller...

Mais c'étaient nos hôtes, et nous étions définitivement attablés.

À des huîtres, nourries des plus grasses algues de la Zélande, avaient succédé des poissons dont la chair exhalait toute la forte saveur de la mer du Nord ; aux pièces de boucherie ruisselantes de jus, flanquées de pâtes rissolées, toutes sortes de volatiles dorés, craquants, débordant de truffes par tous les bouts ; à des légumes rares, choux maritimes, jets de houblon, qui avaient pompé les plus subtils arômes de la terre et les éthers les plus parfumés des terreaux, des montagnes d'écrevisses, des lacs de crème, des pâtisseries des Mille et Une Nuits. Et encore des fruits, qui avaient dû mûrir en paradis, s'ajoutaient à des fromages, qui avaient dû pourrir en enfer. Les meursaults, les haut-brion, les château-lafite, les clos-vougeot, les chambolle-musigny, les ruchottes, les romanées dont s'enorgueillit la cave du professeur Albert Robin, des champagnes plus durs que l'acier-nickel, les eaux-de-vie mieux que centenaires, toutes les liqueurs de la Hollande, tous les tord-boyaux de l'Angleterre et de l'Amérique ne faisaient qu'exciter la verve esthétique et le parisianisme pourtant si exalté de nos hôtes, tandis que, l'abrutissement me gagnant, je ne trouvais même plus la force d'exprimer, pas même la faculté de sentir toute l'horreur que l'art m'inspirait, et Paris, donc... ah ! Paris !

Je m'aperçois que moi, qui reproche si amèrement aux Français leur ironie agressive et leur injustice envers les autres peuples, je viens de me montrer bien français envers les Belges.

Parce qu'ils ont Bruxelles ?

N'avons-nous pas Toulouse ? N'avons-nous pas l'esprit de Toulouse, qui caricature l'esprit de la France, au moins autant que l'esprit de Bruxelles, celui de la Belgique ?

Les Belges, sans doute, ont des ridicules, comme nous en avons, comme en ont tous les peuples. Ils ont aussi des qualités, des vertus, que beaucoup n'ont pas, et que je souhaiterais aux Français, si orgueilleux de leurs frivolités et de leurs vaines richesses. Ils travaillent. Ils savent réveiller les vieilles cités de leur torpeur ancienne. Même Bruges sort, enfin, de son long silence mystique. Le bruit des marteaux, le sifflement des usines dominent aujourd'hui le chant de ses carillons et le chuchotement mortuaire de ses béguinages. En dépit de toutes ses tares religieuses, un frémissement de vie nouvelle secoue et anime ce petit pays.

Enfin M. Edmond Picard et M. Camille Lemonnier ne sont pas plus la Belgique, que M. Drumont et M. Bourget ne sont la France.

Et puis, je n'oublie pas que j'aime Maurice Maeterlinck, que j'aime Émile Verhaeren, que j'ai aimé Franz Servais, le doux et tendre Rodenbach. Et de ce dernier voyage dans Bruxelles, et de tout ce que j'y ai rencontré, de tout ce que j'y ai coudoyé, je les aime plus encore et les admire avec une foi plus haute. Ils ne doivent rien à la France, qui au contraire, fut heureuse de les accueillir, de les honorer et de s'en honorer. Et Bruxelles, dont ils ne sont pas, dont ils ne pouvaient pas être, qu'ils ont traversé en passant, ne leur a rien enlevé, non plus, de leur génie. Ils sont de chez eux, car ils ont su incarner dans leurs œuvres si différentes, avec une force et une grâce très rares, l'âme même des pays où ils sont nés.

Maeterlinck, je l'ai trouvé à Gand, au bord du canal, et j'ai retrouvé aussi, dans les eaux mortes du canal, tous les mirages, tous les reflets, toutes les féeriques mélancolies de sa jeunesse. Et, dans le jardin de la maison familiale, j'ai revu la ruche, d'où partirent les divines abeilles, qui allèrent butiner les belles fleurs de sagesse et de vie.

Verhaeren, j'ai entendu sa voix éloquente, son verbe emporté, dans le vent qui souffle sur les dures plaines de l'Escaut... et j'ai cueilli, aux vieilles portes des demeures flamandes, aux vieux bahuts flamands de ses villages, ses beaux vers sculptés d'une gouge si sûre, d'un ciseau si puissant et si passionné.

J'ai cherché, comme s'il était encore vivant, Franz Servais, dans la campagne abondante des environs de Hal et les tristes rues d'Ixelles. Je l'ai entendu rire joyeusement, et s'attarder à parler de la musique de Liszt, et de la part d'inspiration flamande qu'il y a dans celle de Beethoven, et, une fois encore, de cet admirable poème de *Jeanne d'Arc*, qu'il allait noter et qu'il a remporté.

Et j'ai surpris Rodenbach dans une vieille maison dentelée de Bruges, aux intimités silencieuses, assis, derrière ce transparent qui vaporise les figures, écoutant chanter les carillons, et pleurer l'âme des hommes, regardant glisser les cygnes sur les eaux bronzées du lac d'Amour...

Ils sont de chez eux, parce qu'il faut toujours à la pensée un point d'appui, un tremplin sûr, pour, de là, s'élancer et se disperser à travers l'humanité. Ils sont de chez eux, et ils sont de chez nous, et ils sont de partout, comme ces êtres privilégiés qui ont su donner une vérité, une émotion, une forme éternelle de beauté au monde qui s'en réjouit…

Et peut-être que ma mauvaise humeur – qu'ils me pardonneront pour l'amour de Maeterlinck, de Verhaeren, de Franz Servais et de Rodenbach – tient uniquement à ce fait puéril, que nous avons été forcés de gravir et dégringoler trop souvent, malgré nous, la rue Montagne-de-la-Cour, et de tourner, beaucoup plus longtemps que nous n'aurions voulu, dans les bois de la Cambre… Il n'en faut pas plus…

À peine, en effet, au bout de huit jours, avions-nous achevé de circuler dans Bruxelles, qu'au moment de partir, en plein boulevard Anspach, nos quatre pneus éclatèrent à la fois.

J'ai tout de même pensé, en dépit de mes remords, que ça avait dû être de rire.

Postface

Le XIXe siècle romantique est voyageur. Tout tourné vers l'Italie, le pays où les citrons fleurissent, selon Goethe, où les jeunes aristocrates et artistes européens vont apprendre l'amour du beau, en mémoire de la Corinne de Mme de Staël : peinture, musique ou architecture. Lamartine et Stendhal, avec Graziella et la Sanseverina, en font le pays de l'amour. Moins exalté, plus rêveur, l'Orient a aussi ses fidèles : un Orient mythologique, qui commence à l'Espagne avec ses cliquetis mauresques, descend vers l'Algérie et le Maroc où les peintres découvrent un autre soleil, s'arrête en Terre sainte où Chateaubriand refait en éclaireur le pèlerinage de la chrétienté ; se perd enfin dans les volutes des harems et des narguilés, et les voiles que lui tissent les poètes épris d'origines, de régénération et de féminin.

D'autres vont en Russie, après Diderot ; beaucoup en Allemagne, pour retrouver le Moyen Âge dans les burgs du Rhin, comme

Victor Hugo, ou recevoir l'enseignement des vieilles universités, comme Michelet. Théophile Gautier va partout. Chateaubriand seul – mais c'était au siècle précédent – a vu l'Amérique. Et l'Angleterre, elle-même si voyageuse, ne semble pas intéresser grand monde.

En 1830, l'Italie et l'Allemagne restent à faire. Mais un petit pays est en train de naître : c'est la Belgique. Plus proche de Paris que bien des provinces françaises, elle attire d'emblée les écrivains français, quoiqu'elle soit dépourvue de tout prestige exotique, comme des douceurs du climat méditerranéen. Peu susceptible, en somme, de devenir l'instrument d'une quête de soi, ou un objet mythique : cette nation bourgeoise, occupée de commerce, de chemin de fer et d'industrie, bientôt enrichie par le colonialisme, offre aux Français un spectacle assez prosaïque.

S'ils y vont, c'est d'abord qu'elle est d'accès facile. Le coût, la lenteur et l'inconfort des voyages en font, pour des Parisiens, le moins inaccessible des pays étrangers. Ensuite c'est un pays où l'on parle, où l'on écrit en français : le flamand est alors réservé au petit peuple. Or, à quelques exceptions près, comme Nerval qui traduit le *Faust* de Goethe, Baudelaire qui traduit Poe, ou le consul de Civita Vecchia qui se trouve connaître l'italien, nos ancêtres pratiquent fort peu les langues étrangères : même, ou surtout, les écrivains, convaincus qu'ils sont de la suprématie de leur langue sur toutes les autres. Seul vaut le latin, même pour qui entreprit de mettre un bonnet rouge au vieux dictionnaire.

La Belgique francophone, à la différence de la Suisse, n'est pas tout à fait un pays étranger. Les anciens départements français de la Révolution et de l'Empire n'ont été rendus que récemment, et à contrecœur. Bien des Français, à commencer par les héritiers des patriotes révolutionnaires, restent partisans des frontières naturelles, en l'occurrence le Rhin, et pensent comme Victor Hugo que « la Belgique est à la France » : ce ne serait qu'une province française, promise à brève échéance au retour dans le giron maternel. Même s'ils sont républicains et favorables au droit des peuples à disposer d'eux-mêmes : n'est une nation qu'une communauté assez grande et puissante pour être économiquement viable ; cette Belgique est trop petite pour durer, et les arbres de la liberté qu'on y plante en 1848 restent aussi chétifs que sa Constitution, d'après Hugo toujours, qui dut pourtant, on y reviendra, à la Constitution belge une fière chandelle.

On est donc chez soi, plus ou moins, avec un parfum de provincialisme que les Parisiens s'attachent vite à juger ridicule. Ni tout à fait la même ni tout à fait une autre, la Belgique suscite chez les Français le goût immodéré de la comparaison : les églises plus badigeonnées, la Senne au lieu de la Seine, le temps plus cru et l'herbe plus drue, les femmes plus blondes, les draps plus petits et la bière bien inférieure au vin… Paris adore venir à Bruxelles pour y mirer sa supériorité et son élégance.

Qu'ont-ils écrit, les uns et les autres, sur la Belgique ? Si l'Italie ou l'Orient ont pu fournir des sujets de roman, ce n'est pas le cas de la Belgique, trop liée encore au début du XIXe siècle aux Pays-Bas et à la France pour produire une image entièrement autonome, pour être déjà un lieu romanesque. D'autant qu'elle ne possède pas sa propre littérature :

Victor Hugo ne peut pas partir de légendes anciennes pour écrire des contes comme il le fait, à partir de légendes rhénanes, pour le *Beau Pécopin* du *Rhin* de 1842. Mais la Belgique peut inspirer les poètes : la forêt d'Ardenne, la modernité du chemin de fer ou les vieilles architectures des villes flamandes, toutes poudrées de l'or des souvenirs espagnols, ornées de peinture ancienne et de dentelles de pierre, ont fait rêver et écrire tous ceux qui s'y sont rendus, et nous ont valu, de Hugo à Mallarmé, quelques diamants poétiques.

Pendant la monarchie de Juillet, la Belgique inspire surtout des lettres, des récits et impressions de voyages, littérature très à la mode, d'autant qu'elle se substitue, pour ses lecteurs, aux voyages qu'ils ne font pas encore ; c'est seulement à la fin du siècle que se développe un tourisme bourgeois et petit-bourgeois. Autour de 1840, quatre grands écrivains français vont en Belgique et se font aussitôt concurrence dans la presse et l'édition. Après un premier voyage en compagnie de Gérard de Nerval, Théophile Gautier publie son *Tour en Belgique* en articles dans *la*

Chronique de Paris, à l'automne 1836, puis le reprend dans *Zigzags* en 1845 ; Gérard de Nerval retourne à plusieurs reprises en Belgique jusqu'en 1852, où il publie *Lorely. Souvenirs d'Allemagne*, qui évoque la Belgique dans « Rhin et Flandre » et « Les Fêtes de Hollande ». Victor Hugo la découvre en compagnie de Juliette Drouet pendant l'été 1837, y revient en 1840 ; il ne publie pas les lettres écrites à Adèle Hugo pendant le premier voyage, mais fait une place à la Belgique dans *le Rhin*, en 1842, sans se douter que ce pays est appelé à devenir sa seconde patrie. Quant à Alexandre Dumas, venu l'été 1838, il publie ses *Excursions sur les bords du Rhin* en 1841.

Tous intègrent la Belgique au monde rhénan, et même au monde allemand dont l'émiettement politique semble essaimer sur les bordures, tout en affirmant énergiquement la communauté historique et linguistique entre la Belgique et la France. Mais somme toute, la rive gauche du Rhin est française, pour Musset comme pour Hugo : les romantiques ont hérité de la cartographie révolutionnaire et impériale, avec laquelle l'idée d'États-Unis d'Europe n'est pas sans liens.

Tous ajustent la vision qu'ils ont de la Belgique à l'image de l'ancienne Flandre : pays de matérialité puissante, de force populaire et de paix ; mais aussi pays catholique jusqu'à la dévotion ; pourvu d'un riche héritage artistique, des célèbres vitraux de Sainte-Gudule à Rubens, du gothique flamand à l'urbanisme médiéval. Avec des thèmes récurrents : la contrefaçon littéraire, l'abus des restaurations et des badigeons sur les tableaux et les monuments, l'imitation constante de la France, le goût des banquets, des processions et des kermesses. Ils se font les touristes des monuments inévitables, comme la Grand-Place de Bruxelles ou le Manneken-Pis. Au-delà, chacun dose l'admiration et l'amusement selon son tempérament et ses buts littéraires. Dumas prend le parti de la légèreté et du pittoresque, Hugo voyage en esthète de la Belgique gothique mais ne dédaigne pas la beauté merveilleuse du chemin de fer ; Nerval, plus rêveur, et Gautier, plus humoriste, pourvu d'une vitalité et d'une fraîcheur joyeuses, s'attachent à dresser un portrait fidèle et complet, et à comprendre. Variations en vérité étroites chez ces mousquetaires romantiques qui se connaissent fort bien et lisent les mêmes guides de voyage, dont la déontologie du siècle, au contraire de la nôtre, n'interdit en rien de s'inspirer.

Vers le milieu du siècle, les écrivains français trouvent deux raisons beaucoup plus précises et pressantes de se rendre en Belgique.

Elle est alors le royaume des livres. Pourvue d'une librairie, comme on disait, extraordinairement active et dépourvue de scrupules, elle développe jusqu'en 1854 une activité insatiable d'édition de contrefaçon. On s'y procure à bas prix, on y diffuse dans l'Europe entière toutes sortes de livres et de journaux qui paraissent parfois avant même leur publication sur leur lieu d'origine, à Paris en particulier. Les libraires belges trouvent des complices dans les ateliers typographiques parisiens... Toute la littérature du jeune romantisme y passe ; les auteurs s'indignent à juste titre d'être volés. Gautier et Hugo, fraudeurs amusés et auteurs furieux, achètent en Belgique des exemplaires de contrefaçon de leurs propres œuvres, et peuvent vérifier l'inexistence des contrôles douaniers. Une convention signée en 1852 à l'instigation de

Balzac et de Hetzel, et appliquée deux ans plus tard, met fin au piratage. Mais la contrefaçon a des effets très positifs : elle a fait lire très largement la littérature romantique et contribué à la célébrité des écrivains ; en disparaissant, elle laisse intact un système éditorial actif, de grande qualité, qui, au prix de quelques ajustements, se développe pendant la seconde moitié du siècle. Au point qu'une partie importante de la littérature française, de Victor Hugo à Stéphane Mallarmé et aux symbolistes, est publiée en Belgique, et que les éditeurs français, stimulés par la concurrence, sont obligés de fournir des efforts de qualité. Le Français Hetzel, comme la maison belge Lacroix et Verboeckhoven, s'installent à la fois à Bruxelles et à Paris, dessinant un espace éditorial commun.

La Belgique littéraire et artistique est très friande de littérature et d'art français, en un temps où l'hégémonie culturelle de Paris reste incontestée. Bruxelles se situe dans la périphérie immédiate du champ culturel français, et dans tout le pays se développent des cercles – ils culminèrent avec les XX et la Libre Esthétique – qui se montrent avides de contacts directs avec la peinture ou les écrivains venus de Paris. Il en résulte par exemple des tournées de conférences, plus ou moins fructueuses, et des tournées théâtrales qui sont l'occasion de voyages, de rencontres, de connaissance pour les écrivains français. Et, comme ils sont écrivains, des occasions d'écriture.

Deuxième raison, de nature politique : le coup d'État de Louis Napoléon Bonaparte. Chassés de France par une proscription rigoureuse, les républicains s'exilent et trouvent à Bruxelles un accueil hospitalier, grâce à la Constitution belge qui garantit à tous le droit d'asile, conformément à une tradition libérale dont avaient déjà bénéficié les régicides de la Convention ; grâce aussi à la résistance ferme qu'oppose Léopold Ier aux pressions diplomatiques de son redoutable voisin. C'est alors que Victor Hugo séjourne dans ce pays qu'il considère comme une « autre France », et qui lui a sauvé la vie. Pendant les années d'exil à Guernesey, il garde l'habitude de revenir tous les étés à Bruxelles où sa femme et ses fils sont en réalité installés. C'est là que toute son œuvre des vingt ans d'exil est publiée, en coédition avec Paris, quand il ne s'agit pas de littérature ouvertement antibonapartiste ; c'est là qu'un mémorable banquet fête *les Misérables* et leur auteur.

De très grands écrivains français s'exilent ou s'enfuient en Belgique, une fois l'exemple donné et la réputation d'hospitalité établie, pour des raisons qui n'ont plus rien à voir avec la répression impériale. Alexandre Dumas, installé à Bruxelles en même temps que son ami Hugo, fuit ses créanciers au moins autant que Napoléon III, et mène grand train gastronomique à l'abri des dettes. Charles Baudelaire se fuit lui-même en croyant fuir Paris ; venu pour prononcer des conférences et pour faire éditer par Lacroix l'ouvrage artistique qu'il médite sur les villes anciennes, il ne rencontre que l'insuccès et la misère. Rongé par la maladie qui va l'emporter, Baudelaire échoue à écrire : *Pauvre Belgique* est un amas de notes qui ressassent sa haine et son désespoir, et qui devinrent le triste modèle d'une xénophobie appelée à faire école. Amer paradoxe, que le livre français le plus célèbre sur la Belgique soit le plus haineux, et qu'il ne soit même pas un livre…

Deux vagabonds quasiment inconnus à Paris, Paul Verlaine et Arthur Rimbaud, l'un un peu belge, l'autre frontalier, fuient la France, la famille et l'ordre moral, et dénouent leur relation passionnelle par un épisode de voyous : un coup de revolver tiré sur Rimbaud expédie Verlaine à la prison de Mons. Pour eux aussi, la Belgique est liée à la question de la liberté, et de manière radicale ; on retrouve leurs vagabondages et leurs prisons, ou leurs enfers, dans les poèmes de l'un et de l'autre. Nous sommes à l'été 1873 : la République, après l'Empire, aura aussi ses proscrits, mais, des Communards – sauf Vallès – au général Boulanger, ce ne sont plus des écrivains. Quand Verlaine y retourne, seul, quand Villiers de l'Isle-Adam et Mallarmé y vont, c'est en conférenciers, en voyageurs, en poètes ambassadeurs du symbolisme français. Octave Mirbeau se signale par une attitude ambiguë : après avoir annoncé à grand fracas, dans un article resté célèbre du *Figaro*, qu'un nouveau Shakespeare était né en la personne du jeune Maurice Maeterlinck, tout en omettant de dire qu'il était belge, il publie *la 628-E8*, récit d'automobiliste persifleur, et, sur la Belgique, parfois méchant. Mais au tournant du siècle, de Gide à Apollinaire, d'autres jeunes gens s'éprennent de ce pays, de sa langue colorée, de ses revues vivantes, de Verhaeren et de Maeterlinck. Inversion des flux : désormais ce sont les écrivains belges qui voyagent, séjournent, vivent – et meurent – en France. C'est alors que s'installe le grand silence qui annonce les guerres.

Nicole Savy

Table